国学经典

小故事大道理

道德·礼仪故事

田 力 编著

中国出版集团 现代出版社

图书在版编目（CIP）数据

道德·礼仪故事 / 田力编著.—北京:现代出版社,2013.1
（国学经典小故事大道理）
ISBN 978-7-5143-1081-8

Ⅰ. ①道… Ⅱ. ①田… Ⅲ. ①历史故事—作品集—中国
Ⅳ. ①I247.8

中国版本图书馆 CIP 数据核字（2012）第 293080 号

国学经典

小故事大道理
道德·礼仪故事

作　　者	田　力
责任编辑	刘春荣
出版发行	现代出版社
地　　址	北京市安定门外安华里 504 号
邮政编码	100011
电　　话	(010) 64267325
传　　真	(010) 64245264
电子邮箱	xiandai@cnpitc.com.cn
网　　址	www.modernpress.com.cn
印　　刷	汇昌印刷（天津）有限公司
开　　本	700×1000　1/16
印　　张	10
版　　次	2013 年 1 月第 1 版　2021 年 5 月第 3 次印刷
书　　号	ISBN 978-7-5143-1081-8
定　　价	29.80 元

国学故事，中国传统文化中的优秀奇葩。

中华民族有着五千年悠久的历史文化传统，而构成我国传统文化的核心是古代圣贤所创造的启蒙经典。这些启蒙经典是中华民族智慧的结晶，具有永恒的价值。对每个孩子的一生来说，学校的考试成绩并不是最重要的，重要的是通过教育培养他学习的兴趣以及思考和解决问题的能力。同时"要做事，先做人"的道德准则衡量着我们的一言一行。在这里，既有妙趣横生的历史故事，又有瑰丽多姿的神话传说……这些意境深远的故事其实蕴含着无数丰富多彩的历史，它们化作朵朵云彩，为人们的思想架起了一座美丽的七彩桥。但它们无一不包含着这样的国学精粹：正义、勤劳、善良、孝悌、勇敢……

经典是唤醒人性的著作，可以启迪人类的灵魂。这本《国学经典——道德·礼仪故事》收录了近百个关于人类道德的历史故事。每则故事都标注有拼音，并配以精美的图画。故事内容涉及范围广泛，情节引人入胜，语言生动有趣，人物形象栩栩如生。为了便于阅读，在每则故事中，我们精心加注了一段提纲挈领的"导读"，以加深小读者的理解。

跟我们来吧！走进国学故事，学习中华民族最优秀的品质，感悟千百年来劳动人民的智慧结晶。

目录 CONTENTS

目录 CONTENTS

贾谊授课

贾谊，又称贾太傅、贾长沙、贾生，洛阳（今河南洛阳市东）人，西汉初年著名的政治家、文学家。他作为太子刘揖的老师，为人正直，博学多才。"要做事，先做人"的教育理念，今天对我们仍然有着借鉴意义。

贾谊是西汉时一个著名的文学家，自小聪慧好学，21岁时就被文帝召为博士。汉文帝知道他才华过人，就任命他为皇太子刘揖的老师，希望太子以后能做一个好君主。

贾谊对教育自有一套观点："教皇子读书固然重要，但更重要的是教他做一个正直的人。"贾谊认为老师的作用不可忽视。举例来说，秦朝丞相赵高教给太子胡亥的都是些杀头、割鼻子的酷刑，结果胡亥当了皇帝以后就乱杀人，不把人命当一回事。这不是因为胡亥的本性生来就坏，而是因为教导他的人没有引导他走上正道。这种教育方法不但对胡亥有害，而且给整个国家造成了很坏的影响。

义纵办案

义纵是汉武帝时有名的官吏，他执法如山，不看任何人的情面。他这种公私分明的精神值得我们学习，但他严峻苛刻的执法，也存在肆意残杀的问题，司马迁著《史记》时把义纵归入酷吏一类。

hàn wǔ dì shí yǒu yí gè rén míng jiào yì zòng yīn wèi shòu dào tài hòu de ēn chǒng
汉武帝时，有一个人名叫义纵，因为受到太后的恩宠，

zuò le shàng dǎng jùn mǒu xiàn lìng tā shàng rèn yǐ hòu gōng wù bàn de hěn chū sè àn zi
做了上党郡某县令。他上任以后，公务办得很出色，案子

chǔ lǐ shang gǎn zuò gǎn wéi bú lùn shì yǒu qián yǒu shì de háo shēn hái shi píng mín zhǐ yào
处理上敢作敢为，不论是有钱有势的豪绅，还是平民，只要

fàn le fǎ yì zòng dōu huì bǐng gōng shěn bàn yīn cǐ huáng shang hěn zàn shǎng tā jiù diào tā
犯了法，义纵都会秉公审办，因此皇上很赞赏他，就调他

zuò hé nèi jùn dū wèi
做河内郡都尉。

gāng yí dào rèn yì zòng lì jí bǎ huò hai yì fāng de háo mén dà zú mǎn mén chāo zhǎn
刚一到任，义纵立即把祸害一方的豪门大族满门抄斩，

yì shí jiān hé nèi jùn de zhì ān hé shè huì fēng qì dà yǒu hǎo zhuǎn yǒu rén bú shèn bǎ dōng
一时间，河内郡的治安和社会风气大有好转，有人不慎把东

xi shī luò zài dào lù shang yě méi yǒu rén ná zǒu jù wéi jǐ yǒu
西失落在道路上，也没有人拿走据为己有。

dāng shí nán yáng chéng li jū zhù zhe yí gè guǎn lǐ guān shuì de dū wèi míng jiào níng
当时，南阳城里居住着一个管理关税的都尉名叫宁

chéng zhè rén hěn cán bào lì yòng shǒu zhōng de quán lì héng xíng bà dào bǎi xìng men dōu hěn
成，这人很残暴，利用手中的权力横行霸道，百姓们都很

害怕他，甚至连进关、出关的官员都不敢得罪他。人们都说，让宁成做官，好比是把一群羊交给狼管。宁成听说义纵要来南阳任太守，心中惴惴不安。

等义纵上任那天，宁成带领着全家老小恭恭敬敬地站在路边迎接义纵。谁知道，义纵好像知道宁成这样做的目的似的，对他不理不睬。上任不久，义纵就派人调查宁成的家族，凡是查到有罪的，就统统杀掉，最后，宁成也被判了罪。这么一来，南阳地区的下级官吏和一般的老百姓个个谈"义纵"而色变。

公元119年，义纵调任定襄（今内蒙古和林格尔东南）太守，到了定襄不久，就听说有的犯人越狱逃走，有的官吏收受犯人及犯人家属的贿赂。他大为恼怒，立即封闭了定襄监狱，把狱中所有轻、重犯人200余人都处以死刑。随后又把探望的家属、亲友200余人也以"为囚犯私自解脱枷镣"的罪名，全部判处死刑杀死了。

消息传出后，当地的老百姓个个胆战心惊。从此定襄城里的人一提起义纵的名字就会不由自主地发抖。

贤明的马皇后

马皇后是历史上一位贤明通达的皇后。她为人坦诚正直,在生活上勤俭节约,身为皇后还不断地学习充实自己。同时为了国家利益,她能够抛开私利,客观公正地对待自己的家人。这些精神,直到今天仍然值得我们学习。

东汉名将马援的小女儿马氏,由于父母早亡,年纪很小时就操办家中的事情,把家务料理得井然有序,亲朋们都称赞她是个能干的人。13岁那年,马氏被选进宫内,被立为明帝的皇后。

马氏当了皇后,生活还是非常俭朴。她常穿粗布衣服,裙子也不镶边。一些嫔妃朝见她时,还以为她穿了特别好的料子制成的衣服。走到近前,才知道是极普通的衣料,从此对她更尊敬了。

马皇后知书达理，时常认真地阅读《春秋》《楚辞》等著作。

有一次，明帝故意把大臣的奏章给她看，并问她应该如何处理，她看后当场提出中肯的意见，但她并不因此而干预朝政。

明帝死后，刘煌即位，这就是汉章帝。马皇后被尊为皇太后。那一年，正逢大旱，有些大臣就说这是由于没有按汉朝旧典封外戚，得罪了上天。不久，章帝根据一些大臣的建议，打算对皇太后的弟兄封爵。

马太后知道后说："一些爱讨好人的人，都有他们图私利的目的。况且，对自己的亲人也不应该过于偏袒。我前次回娘家，看见一位舅舅阔绰得很，拜候请安的人'车如流水，马如游龙'。还有他家的佣人，都穿得华丽极了……他们的生活已经很好了，因此我不会再给他们生活补助，应该让他们自己醒悟才对。如果再给他们分封官爵，让他们日益骄宠，那正是西汉败亡的老路啊！"

此地无银三百两

　　喜欢自作聪明的张三在埋银子的地方写上"此地无银三百两"，而偷银子的王二更是愚蠢地写上"隔壁王二不曾偷"。看起来似乎荒诞可笑，但仔细想一想，如果不做坏事，也就谈不上掩饰，更加不用担心暴露了。

mín jiān liú chuánzhe yí gè xiào hua chuánshuō gǔ shí hou yǒu gè míng jiào zhāngsān de
民间流传着一个笑话，传说古时候，有个名叫张三的

rén xīn xīn kǔ kǔ jǐ zǎn le liǎng yín zi xīn li hěn gāo xìng dàn shì tā yě hěn kǔ
人，辛辛苦苦积攒了300两银子，心里很高兴，但是他也很苦

nǎo zhè me duō qián wàn yī bèi bié ren tōu zǒu kě zěn me bàn
恼：这么多钱万一被别人偷走可怎么办？

zhāngsānpěngzhe yín zi kǔ kǔ de sī suǒ qǐ lái bǎ zhè xiē yín zi dài zài shēn
张三捧着银子，苦苦地思索起来。把这些银子带在身

shang ba hěn bù fāngbiàn róng yì ràngxiǎo tōu chá jué fàng zài jiā li ba jué de yě bù
上吧，很不方便，容易让小偷察觉；放在家里吧，觉得也不

tuǒ dang róng yì bèi xiǎo tōu tōu qù xiǎng lái xiǎng qù méi yǒu yí gè ān quán de dì fang
妥当，容易被小偷偷去。想来想去没有一个安全的地方。

zuì hòu zhāngsānzhōng yú xiǎngchū le zì rèn wéi zuì hǎo de fāng fǎ tā jué dìng
最后，张三终于想出了自认为最好的方法。他决定

bǎ yín zi mái dào dì xià zhè yàng shéi yě kàn bu jiàn bú jiù shì zuì ān quán de dì
把银子埋到地下，这样，谁也看不见，不就是最安全的地

fang ma
方吗？

zhè tiān yè li děng bié ren shuì xià hòu zhāngsān qiāoqiāo de zài yuàn nèi dōng wū qiáng
这天夜里，等别人睡下后，张三悄悄地在院内东屋墙

下掘了一个坑，把银子放进一
个罐子里后埋了进去。可是，
他还是担心别人知道这地方埋
了银子，冥思苦想了好久，他又想出一条自以为万无一失的妙
计：写上一张"此地无银三百两"的纸条贴在墙上。

张三一整天心神不定的样子，早已经被邻居王二注意到
了，晚上又听到屋外有挖坑的声音，感到十分奇怪。就在张三
回屋睡觉时，王二去了屋后，借着月光，轻手轻脚把银子都挖了
出来，并把坑填好。

王二回到家后，见到眼前
白花花的银子高兴极了，但又害
怕起来。他想：如果明天张三
发现银子丢了，怀疑是我怎么
办？于是，他也灵机一动，学着
张三的做法，在东屋墙上贴了
一张纸条，上面写着："隔壁王
二不曾偷"。

祁黄羊荐官

祁黄羊向晋平公推荐人才，不以自己的好恶为判断标准，而是客观公正地衡量这个人本身的才干能力。这种公正客观，没有任何私心杂念的判断原则和处事态度值得我们大家学习。

chūn qiū shí   jìn píng gōng yǒu yí cì wèn qí huáng yáng   nán yáng xiàn quē gè zhī xiàn
春秋时，晋平公有一次问祁黄羊："南阳县缺个知县，

nǐ kàn   yīng gāi pài shéi qù bǐ jiào hé shì ne
你看，应该派谁去比较合适呢？"

qí huáng yáng háo bù chí yí de huí dá shuō   xiè hú   tā néng gòu shèng rèn
祁黄羊毫不迟疑地回答说："解狐，他能够胜任！"

píng gōng jīng qí de yòu wèn tā   xiè hú bú shì nǐ de chóu rén ma   nǐ wèi shén me
平公惊奇地又问他："解狐不是你的仇人吗？你为什么

hái yào tuī jiàn tā ne
还要推荐他呢？"

qí huáng yáng shuō   nín zhǐ wèn wǒ shén me rén néng gòu shì hé zuò nà lǐ de zhī xiàn
祁黄羊说："您只问我什么人能够适合做那里的知县，

nín bìng méi yǒu wèn wǒ xiè hú shì bú shì wǒ de chóu rén na   yú shì   píng gōng jiù pài xiè
您并没有问我解狐是不是我的仇人哪！"于是，平公就派解

hú dào nán yáng xiàn qù shàng rèn le   xiè hú dào rèn hòu   ài mín rú zǐ guǒ rán tì nà lǐ
狐到南阳县去上任了。解狐到任后，爱民如子，果然替那里

de rén bàn le bù shǎo hǎo shì   dà jiā dōu chēng sòng tā
的人办了不少好事，大家都称颂他。

guò le yì xiē rì zi   píng gōng yòu wèn qí huáng yáng shuō   xiàn zài cháo tíng li quē shǎo
过了一些日子，平公又问祁黄羊说："现在朝廷里缺少

yí gè fǎ guān　　nǐ kàn shéi néng shèng rèn ne
一个法官。你看谁能 胜任呢？"

qí huáng yáng shuō　　qí wǔ néng gòu shèng rèn
祁黄羊说："祁午能够胜任。"

píng gōng yòu qí guài qǐ lái le　　wèn dào　　qí
平公又奇怪起来了，问道："祁

wǔ bú shì nǐ de ér zi ma　　nǐ nán dào bú pà bié ren jiǎng xián huà ma
午不是你的儿子吗？你难道不怕别人讲闲话吗？"

qí huáng yáng shuō　　nín zhǐ wèn wǒ shéi shì hé zuò fǎ guān　　nín bìng méi wèn wǒ qí wǔ shì bú
祁黄羊说："您只问我谁适合做法官，您并没问我祁午是不

shì wǒ de ér zi ya
是我的儿子呀！"

hòu lái　　píng gōng jiù pài le qí wǔ qù zuò fǎ guān　　qí wǔ dāng shàng le fǎ guān　　gōng zhèng
后来，平公就派了祁午去做法官。祁午当上了法官，公正

qīng lián　　hěn shòu rén men de zūn jìng yǔ ài dài
清廉，很受人们的尊敬与爱戴。

kǒng zǐ tīng dào zhè liǎng jiàn shì　　shí fēn chēng zàn qí huáng yáng
孔子听到这两件事，十分称赞祁黄羊。

kǒng zǐ shuō　　qí huáng yáng zuò de tài hǎo le　　tā tuī jiàn rén　　wán quán shì yǐ cái néng
孔子说："祁黄羊做得太好了！他推荐人，完全是以才能

zuò biāo zhǔn　　bù yīn wèi shì zì jǐ de chóu rén　　cún yǒu piān jiàn　　biàn bù tuī jiàn tā　　yě bù yīn
做标准，不因为是自己的仇人，存有偏见，便不推荐他；也不因

wèi shì zì jǐ de ér zi
为是自己的儿子，

pà rén yì lùn　　biàn bù
怕人议论，便不

tuī jiàn　　xiàng qí huáng
推荐。像祁黄

yáng zhè yàng de rén　　cái
羊这样的人，才

gòu de shàng dà gōng wú
够得上大公无

sī ya
私呀！"

9

秦桧密谋害岳飞

秦桧是历史上臭名昭著的大奸臣。他通敌卖国，诬陷忠良，使百姓处在水深火热的苦难生活中。他曾经捏造谋反罪状，杀害良将岳飞。这种陷害忠良、出卖国家的行为将被人们永远唾弃。

北宋时期，宋王朝渐渐衰落。北方的金兀术趁机向中原大举进攻，岳飞率领岳家军进行了顽强的抵抗。

岳飞英勇善战，打了好几个胜仗，可是秦桧却主张议和。宋高宗禁不住秦桧的蛊惑，最后同意了。许多大臣和将领都不同意，岳飞多次上书，要求继续抵抗金兵。秦桧要想议和，就要把岳飞除掉。

这天，秦桧坐在东窗下，正为无法除掉岳飞发愁。夫人王氏走进来，对他悄悄说："你找几个罪名安在岳飞头上不就行了。"

秦桧听后疑惑地问道："岳飞一向清正廉洁，该找什么

lǐ yóu wū xiàn tā ne
理由诬陷他呢？"

wǒ tīng shuō yuè fēi shǒu xià de dū tǒng
"我听说岳飞手下的都统

wáng guì zài yí cì zhàn dòu zhōng tān shēng pà sǐ
王贵在一次战斗中贪生怕死，

yuè fēi yào jiāng tā zhǎn shǒu shì zhòng hòu jīng zhòng jiàng qiú qíng cái miǎn tā yì sǐ tā kěn dìng huái
岳飞要将他斩首示众，后经众将求情，才免他一死。他肯定怀

hèn zài xīn nǐ hé bú ràng tā gào fā ne wáng shì dào
恨在心，你何不让他告发呢？"王氏道。

qín huì yì tīng bù jīn dà xǐ
秦桧一听，不禁大喜。

hòu lái qín huì àn zhōng zhǎo dào wáng guì yào tā wū gào yuè fēi móu fǎn wáng guì bú
后来，秦桧暗中找到王贵，要他诬告岳飞"谋反"。王贵不

yuàn yì qín huì jiù yǐ shā tā quán jiā xiāng wēi xié wáng guì zhǐ hǎo qū cóng le
愿意，秦桧就以杀他全家相威胁，王贵只好屈从了。

zài wáng guì de gào fā xià qín huì zhōng yú bǎ yuè fēi shā le
在王贵的告发下，秦桧终于把岳飞杀了。

qín huì bìng sǐ hòu wáng shì qǐng lái dào shi wèi tā zuò dào chǎng chāo dù tā de wáng líng dào
秦桧病死后，王氏请来道士为他做道场，超度他的亡灵。道

shi hèn qín huì shā sǐ le zhōng liáng jiù duì wáng shì shuō qín dà ren zhèng zài dì yù li shòu kǔ
士恨秦桧杀死了忠良，就对王氏说："秦大人正在地狱里受苦，

xiǎo guǐ zhèng zài kǎo wèn
小鬼正在拷问

tā qín dà ren ràng wǒ
他。秦大人让我

gào su fū rén dōng chuāng
告诉夫人，东窗

shì fā le
事发了。"

自取灭亡的共叔段

共叔段是郑武公的次子,他的母亲姜氏不喜欢长子寤生,多次请求郑武公立共叔段为太子,武公都没有同意。后来,大儿子即位后,共叔段仍然肆意扩展私家势力,不顾及百姓安危,最终只有自取灭亡。

国学经典

12

chūn qiū shí qī   zhèng guó guó jūn zhèng wǔ gōng yǒu liǎng gè ér zi   dà ér zi míng jiào
春秋时期,郑国国君郑武公有两个儿子。大儿子名叫

wù shēng xiǎo ér zi míng jiào gōng shū duàn
寤生,小儿子名叫共叔段。

zhèng wǔ gōng sǐ le   dà ér zi wéi guó jūn   hào wéi zhuāng gōng   mǔ qīn jiāng shì yāo
郑武公死了,大儿子为国君,号为庄公。母亲姜氏要

qiú jiāng jīng dì gěi gōng shū duàn zhuāng gōng bù hǎo wéi bèi mǔ qīn de mìng lìng   zhǐ hǎo dā yìng
求将京地给共叔段,庄公不好违背母亲的命令,只好答应

le   gōng shū duàn dé dào jīng dì hòu   jiù bǎ nà lǐ zuò wéi zì jǐ de gēn jù dì   dà xīng
了。共叔段得到京地后,就把那里作为自己的根据地,大兴

tǔ mù   qì yàn xiāo zhāng   shì lì hěn kuài zhuàng dà qǐ lái
土木,气焰嚣张,势力很快壮大起来。

zhèng guó de dà fū jì zhòng liǎo jiě dào zhè zhǒng qíng kuàng hòu   jiù duì zhuāng gōng shuō
郑国的大夫祭仲了解到这种情况后,就对庄公说:

xiàn zài gōng shū duàn zài jīng dì de chéng chí wéi bèi le xiān wáng de fǎ dù cháng cǐ xià qù
"现在共叔段在京地的城池违背了先王的法度,长此下去,

jiù huì chéng wéi guó jiā huò hai   nín yīng gāi zǔ zhǐ tā le
就会成为国家祸害。您应该阻止他了!"

zhuāng gōng wéi nán de shuō   nǐ shuō de wǒ dōu míng bái dàn shì mǔ mìng nán wéi wǒ
庄公为难地说:"你说的我都明白,但是母命难违,我

néngzěn me bàn
能怎么办？”

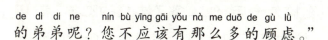

jì zhòngshuō yě cǎo màn yán kāi lái
祭仲说："野草蔓延开来，

jiù hěn nán qīng chú hé kuàng shì nǐ suǒchǒng ài
就很难清除，何况是你所宠爱

de dì di ne nín bù yīng gāi yǒu nà me duō de gù lù
的弟弟呢？您不应该有那么多的顾虑。”

zhuānggōngxiōngyǒuchéngzhú de shuō tā zuò le nà me duō bú yì de shì bì rán zì qǔ
庄公胸有成竹地说："他做了那么多不义的事，必然自取

mièwáng nǐ jiù děngzhe qiáo ba
灭亡，你就等着瞧吧！”

hòu lái gòngshūduàn de yě xīn yuè lái yuè dà tā bǎ yuánshǔ yú zhènggōngguǎn xiá de xī
后来，共叔段的野心越来越大，他把原属于郑公管辖的西

bian hé běi bianliǎng gè dì yù yě shōuguī zì jǐ suǒ yǒu méi duō jiǔ gòngshūduànzhǔn bèi jìn gōng
边和北边两个地域也收归自己所有。没多久，共叔段准备进攻

zhèngguó de dū chéng jiāng shì yě mì mì yǔ tā jiē yìng zhǔn bèi wèi tā dǎ kāi chéngmén ràng tā
郑国的都城。姜氏也秘密与他接应，准备为他打开城门，让他

shùn lì gōng jìn chéng li
顺利攻进城里。

gòngshūduàn yǔ jiāng shì de yīn móu zhuānggōngdōu kàn zài yǎn li tā dé zhī gòngshūduàn
共叔段与姜氏的阴谋，庄公都看在眼里。他得知共叔段

gōng dǎ guó dū de rì zi hòu lì jí pài shèngzhànchē bāo wéi le jīngchéng jīngchéng li de
攻打国都的日子后，立即派200乘战车包围了京城，京城里的

shì bīng dōu bú yuàn wèi gòng shū duàn chū
士兵都不愿为共叔段出

lì gòngshūduàn gū jūn zuòzhàn hěn kuài
力，共叔段孤军作战，很快

zāo dào cǎn bài táo bèn dào guó wài qù le
遭到惨败，逃奔到国外去了。

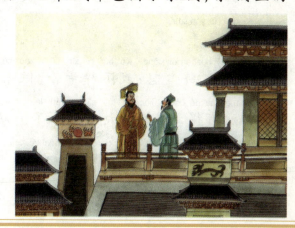

羊斟报仇

主帅华元设宴犒劳士兵,他准备了丰盛的肥羊、美酒,却唯独忘记了给他赶车的羊斟。这就导致了一个严重的后果:羊斟在战场上临阵倒戈,不听指挥,结果导致了战争的惨败。虽然华元的疏忽是不应该的,但羊斟因小事记仇而破坏大局的行为也不是君子所为。

chūn qiū shí qī   zhèng guó chū bīng gōng dǎ sòng guó   sòng guó pài huá yuán   lè lǚ lǐng
春秋时期,郑国出兵攻打宋国。宋国派华元、乐吕领

bīng dǐ kàng
兵抵抗。

huá yuán   lè lǚ dài lǐng jiàng shì tóng zhèng guó jìn xíng le jiān kǔ de zhàn zhēng   zuì zhōng
华元、乐吕带领将士同郑国进行了艰苦的战争,最终

tā men dà huò quán shèng   wèi le qìng zhù dǎ le shèng zhàng   zhǔ shuài huá yuán shè yàn kào láo
他们大获全胜。为了庆祝打了胜仗,主帅华元设宴犒劳

shì bīng   tā zhǔn bèi le fēng shèng de féi yáng   měi jiǔ   què wéi dú wàng jì le gěi tā gǎn chē
士兵,他准备了丰盛的肥羊、美酒,却唯独忘记了给他赶车

de chē fū yáng zhēn
的车夫羊斟。

yáng zhēn xīn xiǎng   wǒ bù cí xīn kǔ   zuò niú zuò mǎ bān gōng nǐ qū shǐ   què shén me
羊斟心想:我不辞辛苦,做牛做马般供你驱使,却什么

yě méi yǒu dé dào   jiǎn zhí tài qī fu rén le   yuè xiǎng yuè bú shì zī wèi de yáng zhēn xīn
也没有得到,简直太欺负人了。越想越不是滋味的羊斟心

li fēi cháng bù gāo xìng   cóng cǐ duì huá yuán huái hèn zài xīn
里非常不高兴,从此对华元怀恨在心。

hòu lái sòng guó zài cì   yǔ zhèng guó jiāo zhàn   chū xiàn le huá yuán zěn me yě xiǎng bú dào
后来宋国再次与郑国交战,出现了华元怎么也想不到

的情况。华元在车上指挥进攻
时，他叫羊斟往右，而羊斟却故
意把车往郑军密集的左边赶；
他叫羊斟往左，羊斟却偏偏往右行进。

华元气得大叫："羊斟，你为什么要这样做？"

羊斟不慌不忙地回答道："前些日子犒劳将士你按照自己
的主张做事，今天赶车我也要按照我自己的想法做事。"

说完，羊斟就连车带人赶进了郑军阵营，致使敌人将华元
轻而易举地俘虏了。此时，宋国军队也因为失去了主帅，乱了
阵脚，因而被郑军打败了。后来华元历经坎坷才逃回自己的国
家，心虚的羊斟害怕华元报复也逃到鲁国去了。

曾参换席

曾参是孔子的得意门生，他的思想主要承传孔子，并对孔子学说领悟较深，能得其旨要。曾参重视仁德，提倡孝道，主张时刻反省自己。这个故事写的就是曾参在病危之时仍然能够恪守道德礼制的品行。

春秋末期，孔子的一个叫曾参的学生病重，即将离开人世。他的两个儿子和学生们日夜守护在病床边。

正在大家悲痛的时候，忽然一个举烛的童子说："先生，您不是大夫，但是您这么华丽的卧席是大夫才可以用的。"

周围人立即低声呵斥这个不懂事的小童，唯恐惊扰卧床休息的曾参。

曾参听到小童的话后吃力地说："不要责怪他！是我的错。这是大夫季孙氏送给我的席子，我还未来得及换掉。请你们帮我换一下吧！"

大家知道虚弱的曾参此时浑身没有一点儿力气，如果

16

zài zhèyàngxīng shī dòngzhòng　bì dìng huì yǒushēng
再这样兴师动众，必定会有生
mìngwēi xiǎn　　yú shì dà jiā dōuyòngfèn nù de
命危险，于是大家都用愤怒的
mù guāngdīng zhe tóng zǐ　méi yǒu yí gè rén gěi
目光盯着童子，没有一个人给
zēngshēnhuàn xí zi
曾参换席子。

　　zēngshēnshēng qì le　shuō　wǒ bú shì dà fū　zhǐ yǒu dà fū cái néngyòngzhèyànghuá měi
　　曾参生气了，说："我不是大夫，只有大夫才能用这样华美
de xí zi　rú guǒ wǒ sǐ de shí houyòngzhèzhāng xí zi　shì bù hé hū lǐ zhì de
的席子，如果我死的时候用这张席子，是不合乎礼制的。"
　　zēngshēn de ér zi zhǐ hǎo ān wèi tā shuō　nín lǎo ren jia de bìng yǐ hěn wēi jí le　bù
　　曾参的儿子只好安慰他说："您老人家的病已很危急了，不
néng yí dòng　děngdào tiān liàng yǐ hòu　wǒ zài lái bāng nín huàndiào ba
能移动，等到天亮以后，我再来帮您换掉吧。"
　　zēngshēn tàn le kǒu qì　yòng jìn zuì hòu de yì diǎn qì lì shuōdào　nǐ men hái bù rú
　　曾参叹了口气，用尽最后的一点气力说道："你们还不如
nà ge tóng zǐ guān xīn wǒ　jūn zǐ ài rén yīng gāi miǎn lì rén yī zhàodào dé guī fàn xíng shì　xiǎo
那个童子关心我。君子爱人应该勉励人依照道德规范行事，小
rén ài rén cái shì wú yuán zé de qiān jiù rěn ràng　wǒ xiàn zài hái yāo qiú shén me ne　wǒ zhǐ pàn
人爱人才是无原则地迁就忍让。我现在还要求什么呢？我只盼
wàng sǐ de hé yú zhèng lǐ bà le
望死得合于正礼罢了。"
　　yú shì dà jiā zhǐ hǎo fú qǐ zēngshēn huàn
　　于是大家只好扶起曾参，换
le xí zi　zài bǎ tā fú huí dàochuángshang
了席子，再把他扶回到床上。
kě shì hái méi lái de jí tǎng ān wěn　zēngshēn
可是还没来得及躺安稳，曾参
jiù qù shì le
就去世了。

大公无私的班超

班超，东汉著名的军事家和外交家。他为人有大志，不修细节，博览群书，能够权衡轻重，审察事理。这个故事讲的就是班超不计较别人的诋毁诽谤，从容对待中伤过自己的人。他这种坦荡的胸怀至今仍值得我们学习。

18

dōnghàn shí qiū cí wáng dé dào le xiōng nú de yuánzhù dǎ suàndiào jí bīng mǎ tóng
东汉时，龟兹王得到了匈奴的援助，打算调集兵马同

hàncháo jué yī sǐ zhàn
汉朝决一死战。

hànzhāng dì wèi le yìng fù qiū cí wáng de jìn gōng bǎ suǒ yǒu de dà chéndōuzhào jí
汉章帝为了应付龟兹王的进攻，把所有的大臣都召集

lái shāng yì duì fu dí rén de bàn fǎ yǒu de dà chénjiàn yì xī shì níng rén tóu xiángmiǎn
来商议对付敌人的办法。有的大臣建议息事宁人，投降免

zhàn yǒu de dà chénjiān chí kàngzhàndào dǐ nìng sǐ bù qū
战；有的大臣坚持抗战到底，宁死不屈。

shì zhàn hái shi xiáng zhè ge wèn tí bǎ hànzhāng dì nòng de hěn tóu téng
是战还是降，这个问题把汉章帝弄得很头疼。

zhè shí bānchāo tí chū le yì tiáomiào jì lián hé wū sūn gòngtóngzhēng tǎo qiū cí
这时，班超提出了一条妙计：联合乌孙，共同征讨龟兹。

hànzhāng dì dà xǐ lì jí cǎi nà le bānchāo de jiàn yì tóng shí pài wèi hóu lǐ yì dài
汉章帝大喜，立即采纳了班超的建议。同时派卫侯李邑带

le xǔ duōchóuduàn bù bó hù sòng lái jīng de wū sūn shǐ zhě huí guó
了许多绸缎布帛，护送来京的乌孙使者回国。

zhè shí zhènggǎnshàng qiū cí dà jǔ jìn gōng lǐ yì xīn li shí fēn hài pà bù gǎn
这时正赶上龟兹大举进攻，李邑心里十分害怕，不敢

再护送使者往前走，便给章帝
zài hù sòng shǐ zhě wǎng qián zǒu   biàn gěi zhāng dì

上书，说班超不顾及国家安危，
shàng shū shuō bān chāo bú gù jí guó jiā ān wēi

胆大妄为，他的话不能听。
dǎn dà wàng wéi   tā de huà bù néng tīng

　　章帝是个是非分明的人，他没有只听从李邑的一面之词。
　　zhāng dì shì gè shì fēi fēn míng de rén   tā méi yǒu zhǐ tīng cóng lǐ yì de yí miàn zhī cí

经过认真的调查后，他明白李邑之所以这样说是胆小怕事的缘
jīng guò rèn zhēn de diào chá hòu   tā míng bai lǐ yì zhī suǒ yǐ zhè yàng shuō shì dǎn xiǎo pà shì de yuán

故，于是便严厉地谴责了李邑，并命令他听任班超发落。
gù yú shì biàn yán lì de qiǎn zé le lǐ yì bìng mìng lìng tā tīng rèn bān chāo fā luò

　　后来，班超派了另外一批人马精心护送乌孙使者回国，并对
　　hòu lái bān chāo pài le lìng wài yì pī rén mǎ jīng xīn hù sòng wū sūn shǐ zhě huí guó bìng duì

李邑不做任何处罚放了回去。然而，班超的手下徐干对班超的
lǐ yì bú zuò rèn hé chǔ fá fàng le huí qù   rán ér bān chāo de shǒu xià xú gàn duì bān chāo de

做法很不理解，他疑惑地问：
zuò fǎ hěn bù lǐ jiě tā yí huò de wèn

"李邑这么对你，你怎
"lǐ yì zhè me duì nǐ nǐ zěn

么能随随便便地饶
me néng suí suí biàn biàn de ráo

了他呢？"
le tā ne

　　这时，班超大
　　zhè shí bān chāo dà

度地笑笑，朗声
dù de xiào xiao lǎng shēng

说道："公报私仇，
shuō dào gōng bào sī chóu

就不算是忠臣了。"
jiù bú suàn shì zhōng chén le

缇萦救父

缇萦虽然小小年纪，但她在父亲有困难的时候毅然挺身而出。她的毅力和勇气，不但使父亲冤屈得直，免受肉刑，而且也使汉文帝深受感动。这种为父亲分忧解难的精神和直言面荐的勇气至今仍然值得我们学习。

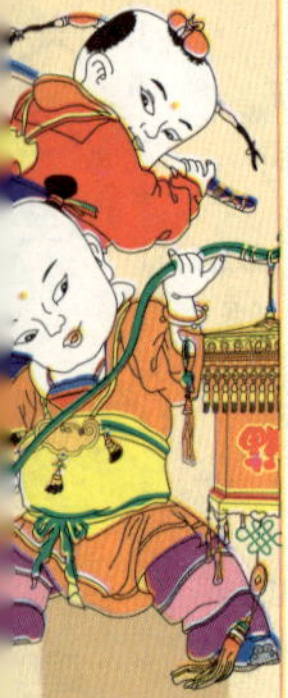

hàncháo chū nián lín zī yǒu gè míngjiào chún yú yì de rén tā cóngxiǎo jiù xǐ huanzuān
汉朝初年，临淄有个名叫淳于意的人，他从小就喜欢钻
yán yī shù céngxiàngmíng yī gōngshèngyángqìng xué xí
研医术，曾向名医公乘阳庆学习。

chún yú yì qín xué hào wèn gōngshèngyángqìng bǎ zì jǐ zhēncángduō nián de mì fāng
淳于意勤学好问，公乘阳庆把自己珍藏多年的秘方
dōuchuán gěi le tā chún yú yì yǒumíng shī zhǐ diǎn yī shù yuè lái yuè gāomíng dàn tā
都传给了他。淳于意有名师指点，医术越来越高明。但他
què bú xiàngbiǎn què nà yàng jìn xīn jìn lì wèi rén zhì bìng ér zhǐ shì xǐ huan zài dá guān guì
却不像扁鹊那样尽心尽力为人治病，而只是喜欢在达官贵
rén zhōngjiānzhōuxuán bú yuàn gěi qióng rén zhì bìng
人中间周旋，不愿给穷人治病。

hòu lái chún yú yì yīn wèi yí jiàn xiǎo shì bèi rén gào fā guān fǔ bǎ tā zhuā le
后来，淳于意因为一件小事被人告发。官府把他抓了
qǐ lái yā jiè cháng ān
起来，押解长安。

tā de wǔ gè nǚ ér jiàn fù qīn bèi zhuā jiù gēn zài hòumiàn háo táo dà kū chún
他的五个女儿见父亲被抓，就跟在后面号啕大哭。淳
yú yì yòu jí yòu nǎo shuōdào ài dōu guài wǒ zhǐ yǒu nǚ ér méi yǒu ér zi yǐ zhì
于意又急又恼，说道：“唉，都怪我只有女儿，没有儿子，以至

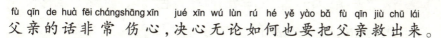

于现在遇到急事，也没有人能
救我啊！"

淳于意的小女儿缇萦听到
父亲的话非常伤心，决心无论如何也要把父亲救出来。

缇萦跟着父亲来到长安，一路上风餐露宿，但她从来都没
有叫苦。她曾想了很多办法搭救父亲，可是却无一例外地失败
了。后来，她想方设法写了封奏书给汉文帝，奏书上说："我的
父亲做官的时候，当地人都称赞他为人公正廉明。现在他犯
了法要受刑，我痛切地感到，一个人死了再也不能复活，残缺的
身体再也不能恢复如初，虽然有改过自新的愿望，也无济于事
了。为了使父亲有改过自新的机会，我宁愿为奴为婢，替父亲
赎罪。"

汉文帝读了缇萦的书信后，
很是感动，觉得她小小年纪就能
为父亲分忧解愁，非常难得。为
了表彰她的孝心，就下令赦免了
淳于意的罪过。

卞和献玉

这是一篇内涵非常丰富的寓言故事。在卞和所处的年代，璧既是个人身份的象征，又是国家财富和实力的象征。卞和忠君爱国的精神值得称赞。但同时也说明：有价值的事物在得到人们普遍承认的过程中，往往要遭受挫折，有时还要付出鲜血与生命的代价。

chǔ guó yǒu wèi qiáo fū　míng jiào biàn hé
楚国有位樵夫，名叫卞和。

yì tiān　biàn hé zài jīng shān dǎ chái shí fā xiàn le yí kuài pú yù　tā xiǎng　guó kù
一天，卞和在荆山打柴时发现了一块璞玉。他想，国库

li quē bǎo shǎo yù　wèi cǐ　cháng cháng shòu dào liè guó zhū hóu de bǐ shì　yú shì tā jué dìng
里缺宝少玉，为此，常常受到列国诸侯的鄙视，于是他决定

bǎ pú yù xiàn gěi guó jiā
把璞玉献给国家。

biàn hé jìn xiàn de guó jūn shì chǔ lì wáng　shéi zhī chǔ lì wáng shì gè bù xué wú shù
卞和进献的国君是楚厉王。谁知楚厉王是个不学无术

de jiā huo　tā nǎ lǐ rèn de shén me pú yù　zhǐ hǎo jiào yù jiàng men jìn xíng jiàn dìng　méi
的家伙，他哪里认得什么璞玉，只好叫玉匠们进行鉴定。没

xiǎng dào tā de zhè bāng yù jiàng yě dōu shì xiē mào pái huò　tā men gēn běn bù shí huò　kàn
想到他的这帮玉匠也都是些冒牌货。他们根本不识货，看

le liǎng yǎn jiù yì kǒu yǎo dìng shuō　fēn míng shì kuài pǔ tōng de shí tou　nǎ lǐ shì shén me
了两眼就一口咬定说："分明是块普通的石头，哪里是什么

bǎo bèi
宝贝！"

hūn yōng wú néng de chǔ lì wáng bó rán dà nù　fēn fù wǔ shì kǎn qù biàn hé de yì
昏庸无能的楚厉王勃然大怒，吩咐武士砍去卞和的一

22

只脚，作为欺骗国君的惩罚。

楚厉王死后，楚武王继位，卞和再次进殿献宝，谁知，由于鉴玉官从中作梗，卞和又被砍掉了另一只脚。

虽然失去了双脚，但卞和仍然想着献宝。当武王暴死，文王继位后，卞和再一次踏上了去往郢的路途。

楚文王果然是位有道明君，具有识玉的慧眼。当卞和献上璞玉之后，他一眼便认定这是块珍宝。经人稍加琢磨，璞玉便宝光四射，美妙无比。

楚文王为了表彰卞和，遂将这块珍宝命名为"和氏之璧"。

后来，这块"和氏璧"几经流传，落到了赵惠文王手里。秦昭襄王也想要这"和氏之璧"，便差人下书，愿以十五城作为代价来换取和氏璧。这样一来，和氏璧的价值便昂贵起来。

有骨气的饥民

本来，救济、帮助别人就应该真心实意而不应该以救世主自居。对于善意的帮助是可以接受的；但是，面对"嗟来之食"，倒是那位有骨气的饥民的精神，值得我们赞扬。

国学经典

zhànguó shí qī yǒu yì nián qí guó fā shēng le dà jī huang chéng qiān shàng wàn de
战国时期，有一年，齐国发生了大饥荒，成千上万的

rén è de yǎn yǎn yì xī chuí sǐ lù páng
人饿得奄奄一息，垂死路旁。

yǒu yí gè guì zú míng jiào qián áo jiā li tún jī le xǔ duō liáng shi yǒu yì tiān
有一个贵族名叫黔敖，家里囤积了许多粮食。有一天

tā hū rán shàn xīn dà fā xiǎng mài nong yí xià zì jǐ de cí bēi xīn cháng biàn shāo le yì guō
他忽然善心大发，想卖弄一下自己的慈悲心肠，便烧了一锅

xī fàn bǎi fàng zài lù páng děng zhe jiù jì zāi mín tā yí kàn jiàn yǒu zāi mín zǒu lái jiù
稀饭摆放在路旁，等着救济灾民。他一看见有灾民走来，就

lì kè qiāo zhe guō yáng qǐ fàn sháo dà shēng yāo he tā men lái chī
立刻敲着锅，扬起饭勺，大声吆喝他们来吃。

zāi mín men kàn tā cái dà qì cū yào wǔ yáng wēi de mú yàng dōu jué de fēi cháng
灾民们看他财大气粗、耀武扬威的模样，都觉得非常

guò fèn dàn shì jī è nán rěn wèi le tián bǎo dù zi tā men yě zhǐ hǎo rěn qì tūn shēng
过分。但是饥饿难忍，为了填饱肚子他们也只好忍气吞声

de lǐng qǔ yì sháo xī fàn de shǎng cì zài qū rǔ zhī zhōng gǎn kuài hē guāng
地领取一勺稀饭的赏赐，在屈辱之中赶快喝光。

zhè tiān zǒu lái yí gè chàn chàn wēi wēi de hàn zi è de zhǐ shèng pí bāo gǔ le
这天走来一个颤颤巍巍的汉子，饿得只剩皮包骨了，

也许是很久没有吃东西了，走路
都很吃力。只见他挂着一根棍
子，用破袖子遮住脸，看也不看
黔敖一下，摇摇晃晃地迈着步子，从黔敖面前走过去。

黔敖早已准备施舍他一勺饭，这时觉得非常奇怪，连忙重
重地敲了一下铁锅，对那个人大喊一声："喂，来吃吧！"

那个饥民听到喊声，慢慢地转过身，鄙夷地瞪大了眼睛，
对黔敖说："你喊什么！我才不稀罕你的施舍呢！我就是因为不
吃嗟来之食，才饿成这个样子的！"

由于黔敖太没有礼貌，
不尊重别人，所以这个
饥民在屈辱面前宁
可饿死也要维护自
己的人格尊严，一直
到死他也没有接受别
人的施舍。

卖柑橘的小贩

这则故事告诉人们，看事物不要只看外表，重要的是看内在，看实质。一些徒有华丽外表而内在一团糟的东西是最要不得的。同时，我们做人也应该踏踏实实，表里如一。

明朝初年的大臣刘基，字伯温，元代末年中过进士，担任过一些小官。

夏日的一天，刘基在杭州城里漫步，只见一个小贩在卖柑橘。柑橘是很难保存到夏天的，但刘基发现这小贩卖的柑橘金黄油亮，新鲜饱满，就像是刚从树上摘下来的，他便去向小贩买了几个。虽然价钱是上市时的10倍，但觉得小贩能把柑子贮存到现在，也是很不容易的事，贵就贵些吧！回家后，刘基剥开柑橘皮，发现里面的果肉干缩得像破旧的棉絮一样，便拿着柑橘，去责问小贩为何骗人钱财。

不料，卖柑橘的小贩从容地笑了笑，说："我靠卖这样的

柑橘为生，已经有好几年了。买的人很多，谁也没有说什么，就是先生您不满意。"接着，小贩说道："当今世上骗人的事到处都是，岂止是我一个？请问，那些威风凛凛的武将，他们真正懂得兵法吗？那些头戴高帽、身着宽大朝服、气宇轩昂的文官，他们真正掌握治理国家的本事吗？寇盗横行，他们不能抵御；百姓困苦，他们不能救助；贪官污吏，他们不能处治；法纪败坏，他们不能整顿。这些人一个个身居高位，住着华美的房舍，吃着山珍海味，喝着琼浆玉液，骑着高头骏马，哪一个不是装得道貌岸然、一本正经的样子？又有哪一个不像我所卖的柑橘那样，表面上如金如玉，内中却像是破旧的棉絮呢？"

刘基听了小贩的一席话，哑口无言。回到家里后，就写了《卖柑者言》这篇文章。

柳宗元的墓志铭

柳宗元,字子厚。唐代文学家、哲学家,唐宋八大家之一。与此同时,他还是一位在政治上有所作为的革新派。正是因为他的改革触动了一些人的利益,最终被排挤致死。这个故事说明,在别人遇到困难的时候,我们应该真心地去帮助,而不应该嘲笑打击。

28

táng dài yǒu gè dà wén xué jiā jiào liǔ zōngyuán
唐代有个大文学家叫柳宗元。

shàonián shí dài liǔ zōngyuán de míng qi jiù hěn dà hòu lái dāng le dà guān jié
少年时代,柳宗元的名气就很大,后来当了大官。结

guǒ yǒu yí cì tā fàn le cuò wù bèi jiàng le guān zhí zuì hòu yù mèn ér sǐ
果,有一次他犯了错误,被降了官职,最后郁闷而死。

liǔ zōngyuányǒu yí gè hǎopéngyou yě shì dāng shí de dà wén háo jiào hán yù tā
柳宗元有一个好朋友,也是当时的大文豪,叫韩愈。他

kàn liǔ zōngyuán bèi xiǎo rén xiàn hài ér sǐ xīn zhōnghěn nán guò biàn wèi tā xiě le yì piān
看柳宗元被小人陷害而死,心中很难过,便为他写了一篇

gǎn qíngzhēn zhì de mù zhì míng lái shū fā xīn zhōng de yì yù qíng xù
感情真挚的墓志铭,来抒发心中的抑郁情绪。

zhè piān mù zhì míng rú jīn yǐ jīngchéngwéi qiān gǔ chuánsòng de míngpiān qí zhōngyǒu
这篇墓志铭如今已经成为千古传颂的名篇,其中有

zhèyàng yí duàn nài rén xún wèi de huà shì qióng nǎi jiàn jié yì jīn fú píng jū lǐ xiàng
这样一段耐人寻味的话:"士穷乃见节义。今夫平居里巷

xiāng mù yuè jiǔ shí yóu xì xiāngzhēngzhú xǔ xǔ qiǎngxiào yǔ yǐ xiāng qǔ xià wò shǒuchū
相慕悦,酒食游戏相征逐,诩诩强笑语以相取下,握手出

fèi gānxiāng shì zhǐ tiān rì tì qì shì shēng sǐ bù xiāngbèi fù zhēnruò kě xìn yí dàn
肺肝相示,指天日涕泣,誓生死不相背负,真若可信。一旦

lín xiǎo lì hài　jǐn rú máo fà bǐ　fǎn yǎn ruò
临小利害，仅如毛发比，反眼若

bù xiāng shí　luò xiàn jǐng　bú yì yǐn shǒu jiù
不相识；落陷阱，不一引手救，

fǎn jǐ zhī　yòu xià shí yān zhě　jiē shì yě
反挤之，又下石焉者，皆是也。"

　　zhè duàn huà de yì si shì　dú shū rén yào dào qióng kùn de shí hou　cái néng kàn chū tā de
　　这段话的意思是：读书人要到穷困的时候，才能看出他的

qì jié　xiàn zài　yǒu xiē rén píng rì jū zhù zài jiē xiàng li　dà jiā hé hé qì qì de　hù xiāng
气节。现在，有些人平日居住在街巷里，大家和和气气的，互相

yǎng mù　hé shàn de xiāng chǔ zhe　hǎo xiàng zhī jǐ yì bān　hái liú zhe yǎn lèi　lì xià shì yán shuō
仰慕，和善地相处着，好像知己一般，还流着眼泪，立下誓言，说

xiē shēng sǐ yǔ gòng de huà　bìng zhuāng chū hěn chéng kěn de yàng zi　dàn shì　rú guǒ yǒu yì tiān
些生死与共的话，并装出很诚恳的样子。但是，如果有一天，

shuāng fāng wèi le yì diǎn xiǎo xiǎo de lì hài biàn chōng tū qǐ lái　jí biàn shì máo fà yì bān de xiǎo
双方为了一点小小的利害便冲突起来，即便是毛发一般的小

shì　yě huì nào de fān liǎn bú rèn rén
事，也会闹得翻脸不认人。

　　zhè shí　nǐ ruò bú xìng diào dào xiàn jǐng li qù　duì fāng bú dàn bù yuán jiù nǐ　fǎn ér huì
　　这时，你若不幸掉到陷阱里去，对方不但不援救你，反而会

ná shí tou tóu zhì jǐ nǐ　wǎng wǎng lián qín
拿石头投掷击你，往往连禽

shòu dōu bù rěn zuò de shì qing　tā
兽都不忍做的事情，他

men bú dàn bù yǐ wéi chǐ　hái
们不但不以为耻，还

zì yǐ wéi zuò de hěn duì ne
自以为做得很对呢！

知错能改的小偷

做小偷偷窃别人的东西固然不对,但这个小偷在受到教育后能幡然醒悟,重新做人。他这种知错能改的精神仍然值得我们大家学习。而陈寔不失时机地给小偷和自己的家人上了一堂生动的道德课,至今仍对我们有借鉴意义。

30

东汉时,官员陈寔一天晚上发现一个小偷混进屋里躲在梁上。

陈寔并不声张,也不惊动小偷,而是把儿孙们都召集前来谈话。小偷吓坏了,连气都不敢出。

这时陈寔以严肃的语气训诫大家:"凡人不管在什么时候都要上进,不能干坏事。干坏事的并不是生来就是坏人,是平时放松对自己的要求,不断干坏事,养成了习惯。这样本来可以成为君子的,也就变成了小人,成了'梁上君子'了!你们现在把头往上看,在我们屋梁上的这位先生,就是一个活生生的例子。"

duǒ zài liángshang de xiǎo tōu tīng dào zhè lǐ
躲在梁上的小偷听到这里

mǎ shàng cóng liángshang tiào le xià lái mǎn liǎn xiū
马上从梁上跳了下来，满脸羞

kuì tā láng bèi bù kān de xiàng chén shí kē tóu
愧，他狼狈不堪地向陈寔磕头

qiú ráo chén lǎo ye duì bu qǐ wǒ zhī dào cuò le qǐng nín yuánliàng wǒ
求饶："陈老爷，对不起！我知道错了，请您原谅我！"

chén shí jiào tā qǐ lái yǔ zhòng xīn cháng de duì tā shuō wǒ kàn nǐ de mú yàng bú xiàng
陈寔叫他起来，语重心长地对他说："我看你的模样不像

è rén dà gài shì pín kùn bī pò cái zhèyàng de ba zhǐ yào yǐ hòu gǎi xié guī zhèng yī rán huì
恶人，大概是贫困逼迫才这样的吧！只要以后改邪归正，依然会

shì yí gè rén rén chēngzàn de jūn zǐ suí jí yòu sòng gěi tā liǎng pǐ juàn jiào tā dàngzuò běn qián
是一个人人称赞的君子。"随即又送给他两匹绢，叫他当作本钱

qù zuòshēng yi xiǎo tōu méi xiǎng dào chén shí zhèyàng dà dù wàn fēn gǎn jī bài xiè hòu dài zhe
去做生意。小偷没想到陈寔这样大度，万分感激，拜谢后带着

juàn zǒu le
绢走了。

hòu lái zhè ge xiǎo tōu guǒ rán bǎ zì jǐ de huài
后来，这个小偷果然把自己的坏

xí guàn gǎi diào nǔ lì zuò shì chéng wéi
习惯改掉，努力做事，成为

le yí gè dà jiā dōu chēngzàn de hǎo
了一个大家都称赞的好

qīngnián
青年。

cóng cǐ dà jiā jiù bǎ chén
从此，大家就把陈

shí shuō de huà biànchéng liángshang jūn
寔说的话变成"梁上君

zǐ zhè jù chéng yǔ yòng lái chēng hu
子"这句成语，用来称呼

tōu ná bié rén dōng xi de xiǎo tōu
偷拿别人东西的小偷。

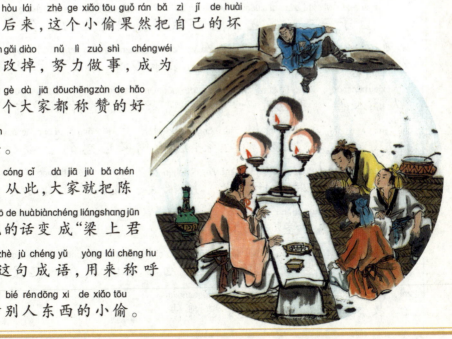

孟子讲道

在现实生活中，人们都希望自己做事费力小而收获大，但很多时候结果却刚好相反。这是因为事情往往是由主观条件和客观条件共同决定的。我们应该协调好两者的关系，只有这样做事情才能事半功倍。

mèng zǐ míng kē zì zǐ yú zhànguó shí qī de sī xiǎng jiā zhèng zhì jiā jiào
孟子，名轲，字子舆。战国时期的思想家、政治家、教
yù jiā
育家。

mèng zǐ yì zhí zài qí xuānwángshǒu xià zuò shì dàn shì tā de zhǔzhāng yì zhí bù
孟子一直在齐宣王手下做事，但是他的主张一直不
wéi qí xuānwángsuǒ cǎi yòng wǎnnián tā biàn yǔ dì zǐ wànzhāngděngzhù shū lì shuō rèn wéi
为齐宣王所采用，晚年他便与弟子万章等著书立说，认为
rén xìng běnshàn bìng bǎ kǒng zǐ rén de guānniàn fā zhǎnwéi rénzhèng xuéshuō tí
"人性本善"，并把孔子"仁"的观念发展为"仁政"学说，提
chū mín wéi guì jūn wéiqīng de zhǔzhāng chéngwéi rú jiā sī xiǎng de zhòngyào dài biǎo rén
出"民为贵，君为轻"的主张，成为儒家思想的重要代表人
wù tā de xuéshuō duì hòu shì rú zhě yǐngxiǎnghěn dà bèi rèn wéi shì kǒng zǐ xuéshuō de
物。他的学说对后世儒者影响很大，被认为是孔子学说的
jì chéngzhě yǒu yà shèng zhī chēng
继承者，有"亚圣"之称。

mèng zǐ yì shēngshōu le hěn duō xuésheng tā cháng yǔ xuéshengmen yì qǐ jiāo liú zhèng
孟子一生收了很多学生，他常与学生们一起交流政
zhì jiào yù zhé xué lún lǐ děng sī xiǎngguāndiǎn
治、教育、哲学、伦理等思想观点。

国学经典

32

yǒu yí cì　mèng zǐ hé tā de xuésheng
有一次，孟子和他的学生

gōngsūnchǒu tán lùn tǒng yī tiān xià de wèn tí
公孙丑谈论统一天下的问题。

tā mencóngzhōuwénwáng tán qǐ　shuōdāng shí wén
他们从周文王谈起，说当时文

wáng yǐ fāngyuán jǐn　　lǐ de xiǎo guó wéi jī chǔ　shī xíng rén zhèng　yīn ér chuàng lì le fēnggōng
王以方圆仅100里的小国为基础，施行仁政，因而创立了丰功

wěi yè　　ér rú jīn tiān xià lǎo bǎi xìng dōu kǔ yú zhànluàn　yǐ qí guó zhèyàng yí gè dì guǎng rén
伟业；而如今天下老百姓都苦于战乱。以齐国这样一个地广人

duō de dà guó　rú néng tuī xíng rén zhèng yào tǒng yī tiān xià　yǔ dāng shí zhōuwénwángsuǒ jīng lì de
多的大国，如能推行仁政，要统一天下，与当时周文王所经历的

xǔ duō kùn nanxiāng bǐ　nà jiù róng yì duō le
许多困难相比，那就容易多了。

mèng zǐ zuì hòushuō　qí shí　lǎo bǎi xìngmen méi yǒu tài gāo de yāo qiú　jī è de rén
孟子最后说："其实，老百姓们没有太高的要求，饥饿的人

zhǐ yào yǒu chī de jiù gāoxìng　kǒu kě de rén zhǐ yào yǒu shuǐ hē jiù mǎn zú le　xiàn zài　qí guó
只要有吃的就高兴，口渴的人只要有水喝就满足了。现在，齐国

shì lì zhèngshèng　rú guǒ fǔ zhī yǐ rén zhèng tiān xià bǎi xìng bì dìng shí fēn xǐ huan yóu rú tì tā
势力正盛，如果辅之以仁政，天下百姓必定十分喜欢，犹如替他

men jiě chú tòng kǔ yì bān　suǒ yǐ　gěi bǎi xìng de
们解除痛苦一般。所以，给百姓的

ēn huì zhǐ jí gǔ rén de yí bàn　ér huò dé
恩惠只及古人的一半，而获得

de xiào guǒ bì dìngnénggòu jiā bèi　xiàn zài
的效果必定能够加倍。现在

zhèng shì zuì hǎo de shí jī ne
正是最好的时机呢！"

zhè xiē huàzhèng shì mèng zǐ zhǔzhāng
这些话正是孟子主张

rén zhèng　de tǐ xiàn
"仁政"的体现。

林回丢弃玉璧

国学经典

庄子,名周,字子休,战国时期著名思想家、哲学家、文学家,是道家学派的代表人物。庄子的文章,想象力很强,文笔变化多端,具有浓厚的浪漫主义色彩,并采用寓言故事形式,富有幽默讽刺的意味,对后世文学语言有很大影响。

有一天,假国国内突然爆发了一场大灾难。面对这场突如其来的灾难,假国国民顾不得收拾行囊,慌乱之际,只能带走家中最值钱的物件仓皇逃命。

有一个叫林回的假国人,灾害发生时,他想起自家有一块价值千金的玉璧,便要取钥开箱,取出玉璧带走。就在他刚拿出钥匙的时候,突然听到了孩子的哭声,原来孩子被大人们的举止吓得不知所措,在屋里号啕大哭。

林回犹豫了一下,突然,他扔掉钥匙,一把抱起孩子,冲出门外,随着人流逃命去了。

后来,同行的人知道了林回舍弃价值千金的玉璧而背着

婴儿逃走的事情，就问他："你为什么要那么做呢？如果说是为了钱财，婴儿哪有那块玉璧值钱；如果说你是想要减少拖累，抱着婴儿逃亡可要比携带一块玉璧拖累大得多呀。"

林回却回答："我之所以要舍弃玉璧而抱着婴儿逃走，是因为我和玉璧之间只有利益的关系，而我和婴儿却是血脉相连的天性的结合，我又怎么会舍弃自己的亲骨肉而只顾眼前的利益呢？"

这则寓言说明，那些以利益相结合的关系，在遇到危险情况时，就会彼此离弃；而以天性相联系的，在危急的时刻却可以相互亲近、相互照顾。同时也说明，用金钱利欲结成的关系是暂时的，不能经受患难的考验；人与人之间的亲情友谊，患难与共才是长久和永恒的。

妄自尊大的公孙述

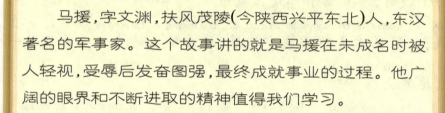

　　马援，字文渊，扶风茂陵(今陕西兴平东北)人，东汉著名的军事家。这个故事讲的就是马援在未成名时被人轻视，受辱后发奋图强，最终成就事业的过程。他广阔的眼界和不断进取的精神值得我们学习。

　　东汉初年，光武帝刘秀建立了政权。当时，政权虽已建立，但天下尚未统一，各路豪强凭借自己的军队，各霸一方，因此社会局面依然比较混乱。

　　当时，一个叫马援的人还没有什么名气，而公孙述却已经颇具实力，雄霸一方了。因为公孙述是他的同乡，早年又很熟悉，所以马援打算去投靠这位老朋友。

　　马援心想：这次去一定能受到热情的欢迎和款待，不但可以好好儿地叙叙旧，说不定还能找些事情做呢。

　　然而事出意外，公孙述听说马援要见他，竟摆出了皇帝的架势，自己高高地坐在大殿上，派出许多侍卫站在阶

^{qián}前，^{yào mǎ yuán yǐ jiàn dì wáng zhī lǐ qù jiàn}要马援以见帝王之礼去见

^{tā}他，^{bìng qiě méi shuō shàng jǐ jù huà jiù tuì cháo}并且没说上几句话就退朝

^{huí gōng}回宫，^{pài rén bǎ mǎ yuán sòng huí bīn guǎn}派人把马援送回宾馆。

^{mǎ yuán jì gān gà yòu shī wàng   yí qì zhī xià biàn lí kāi le gōng sūn shù}
马援既尴尬又失望，一气之下便离开了公孙述。

^{hòu lái yǒu rén tīng shuō mǎ yuán jiàn guo gōng sūn shù   biàn xiàng tā dǎ tīng gōng sūn shù de qíng kuàng}
后来有人听说马援见过公孙述，便向他打听公孙述的情况。

^{mǎ yuán bǐ yí de shuō   xiàn zài tiān xià hái zài gè háo qiáng shǒu zhōng zhēng duó   hái bù zhī dào shéi}
马援鄙夷地说："现在天下还在各豪强手中争夺，还不知道谁

^{shèng shéi bài ne   gōng sūn shù rú cǐ dà jiǎng pái chǎng   zì yǐ wéi qiáng dà   yǒu cái gàn de rén néng}
胜谁败呢！公孙述如此大讲排场，自以为强大，有才干的人能

^{liú zài zhè er yǔ tā gòng tóng jiàn lì gōng yè ma   tā zhǐ bú guò shì jǐng lǐ de qīng wā bà le}
留在这儿与他共同建立功业吗？他只不过是井里的青蛙罢了，

^{mù guāng duǎn qiǎn   què wàng zì zūn dà   yí dìng chéng bu liǎo dà shì}
目光短浅，却妄自尊大，一定成不了大事。"

^{hòu lái   mǎ yuán tóu}后来，马援投

^{kào le guāng wǔ dì liú xiù}靠了光武帝刘秀，

^{zài guāng wǔ dì shǒu xià}在光武帝手下

^{dāng le yì yuán dà jiàng jié}当了一员大将，竭

^{jìn quán lì   bāng zhù guāng}尽全力，帮助光

^{wǔ dì tǒng yī tiān xià}武帝统一天下。

^{zuì hòu   gōng sūn shù bèi liú}最后，公孙述被刘

^{xiù dǎ bài}秀打败。

愚蠢的偷钟人

　　钟声是客观存在的，不因为你堵住耳朵就消失了；世界上的万物也都是客观存在，不因为你闭上了眼睛就不复存在或者改变了形状。这则寓言故事说明：对客观存在的现实不正视、不研究，采取闭目塞听的态度，这是自欺欺人，终究会自食苦果的。

　　春秋时期，有一个又愚蠢又自私的人，他还有一个爱占便宜的坏毛病。凡是他喜欢的东西，总是想尽办法把它弄到手，甚至去偷。

　　有一天，他听说晋国的智伯灭掉了范氏，认为趁乱肯定会有油水可捞。当他赶到范氏家时，范氏家所有值钱的都被洗劫一空了，他很后悔白白跑这一趟。

　　突然，他在院中发现了一口上等黄铜制的大钟，不禁喜出望外，想将钟背走，可那口钟很沉，根本背不动。

　　就在这时，他发现院墙角有一把大铁锤，心中顿时有了主意。他抢起铁锤，朝大钟砸下去，想把大钟砸成若干

gè suì kuài rán hòu zài yòng má dài zhuāng huí qù
个碎块，然后再用麻袋装回去。

kě shì   tiě chuí zá xiàng dà zhōng dà zhōngbiàn
可是，铁锤砸向大钟，大钟便

fā chū yì shēngshēng jù xiǎng yú yīn zài yuàn zi
发出一声声巨响，余音在院子

shàngkōng huí dàng bàn tiān dōu sàn bú qù
上空回荡，半天都散不去。

　　tā xià huài le   ér qiě tā hěn hài pà bié ren tīng jiàn le zhōngshēng huì pǎo lái zhuā tā
他吓坏了，而且，他很害怕别人听见了钟声会跑来抓他。

yú shì   tā gǎn jǐn yòngshuāngshǒu sǐ sǐ de wǔ zhù zì jǐ de ěr duo tā yǐ wéi zhèyàng zì
于是，他赶紧用双手死死地捂住自己的耳朵。他以为这样，自

jǐ tīng bu jiàn zhōngshēng bié ren yě yí dìng tīng bu jiàn rán hòu jiù fàng xīn dà dǎn de zá qǐ
己听不见钟声，别人也一定听不见，然后就放心大胆地砸起

zhōng lái
钟来。

　　měi zá yí xià tā dōu yào yòngshuāngshǒu wǔ zhù ěr duo dài zhōngshēngxiǎngguo zhī hòu
每砸一下，他都要用双手捂住耳朵，待钟声响过之后，

tā cái sōng kāi shǒu zài zá rú
他才松开手再砸，如

cǐ fǎn fù zhí dào bǎ zhè kǒu
此反复，直到把这口

dà zhōng zá suì le   kě shì
大钟砸碎了。可是，

jù dà de zhōngshēngchuán de
巨大的钟声传得

hěnyuǎn guānchāi wén shēnggǎn
很远，官差闻声赶

lái hái shi bǎ tā zhuāzǒu le
来，还是把他抓走了。

赵高指鹿为马

指鹿为马的故事流传至今，人们便用指鹿为马形容一个人是非不分，颠倒黑白。在现实生活中，我们一定要提高自己的识别能力。只有正确地判断事物的本质属性，才不会被别有用心的人所迷惑。

qín shǐ huáng sǐ hòu　tā de èr ér zi hú hài jí wèi　jí qín èr shì
秦始皇死后，他的二儿子胡亥即位，即秦二世。

qín èr shì zhí zhèng hòu　chéng xiàng zhào gāo yě xīn bó bó　rì yè pán suanzhe yào cuàn
秦二世执政后，丞相赵高野心勃勃，日夜盘算着要篡
duó huáng wèi　kě cháo zhōng dà chén yǒu duō shǎo rén néng tīng tā bǎi bu　yǒu duō shǎo rén fǎn duì
夺皇位。可朝中大臣有多少人能听他摆布，有多少人反对
tā　tā xīn zhōng méi dǐ　yú shì　tā jiǎo jìn nǎo zhī de xiǎng chū yí gè bàn fǎ　zhǔn bèi
他，他心中没底。于是，他绞尽脑汁地想出一个办法，准备
shì yi shì zì jǐ de wēi xìn　tóng shí yě kě yǐ mō qīng gǎn yú fǎn duì tā de rén
试一试自己的威信，同时也可以摸清敢于反对他的人。

yì tiān shàng cháo shí　zhào gāo ràng rén qiān lái yì zhī lù　mǎn liǎn duī xiào de duì qín
一天上朝时，赵高让人牵来一只鹿，满脸堆笑地对秦
èr shì shuō　bì xià　wǒ xiàn gěi nín yì pǐ hǎo mǎ
二世说："陛下，我献给您一匹好马。"

qín èr shì yí kàn　xīn xiǎng　zhè nǎ lǐ shì mǎ　zhè fēn míng shì yì zhī lù ma
秦二世一看，心想：这哪里是马，这分明是一只鹿嘛！
biàn xiào zhe duì zhào gāo shuō　chéng xiàng gǎo cuò le ba　zhè shì yì zhī lù　nǐ zěn me shuō
便笑着对赵高说："丞相搞错了吧，这是一只鹿，你怎么说
shì yī pǐ mǎ ne
是一匹马呢？"

赵高面不改色地说："请陛下看清楚，这的确是一匹千里马。"

秦二世又看了看那只鹿，将信将疑地说："马的头上怎么会长角呢？"

赵高一转身，用手指着众大臣，大声说："陛下如果不信我的话，可以问问众位大臣，看他们说是鹿还是马。"

大臣们都被赵高的一派胡言搞得不知所措，私下里嘀咕：这个赵高搞什么名堂？是鹿是马这不是明摆着吗！当看到赵高脸上露出阴险的笑容时，大臣们忽然明白了他的用意。

秦二世就问朝中大臣，有些害怕赵高的臣子干脆不吱声；有些臣子为讨好赵高，便说是马；只有少数臣子实事求是地说是一只鹿。

事后，赵高就派人把说是鹿的人全部杀掉了。

袁术自食其果

　　其实，在这个世界上没有"后悔药"可吃。犯了错误也并不可怕，只要我们能够重新选择正确的方向，及时从错误的道路上扭转回来，未来还有希望和光明在等待我们。

　　dōnghàn mò nián　tiān xià dà luàn　　dà jiāng jūn hé jìn bèi huànguānshā hài　dǒngzhuó
东汉末年，天下大乱。大将军何进被宦官杀害，董卓
dú lǎn zhèngquán　hé jìn de bù xià yuánshàoshuàibīngzhēng tǎo dǒngzhuó
独揽政权，何进的部下袁绍率兵征讨董卓。

　　yuánshào de dì di yuánshù shì gè xīn shù bú zhèng de rén　tā chènyáng jùn tài shǒu
袁绍的弟弟袁术是个心术不正的人，他趁阳郡太守
zhāng zī bèi shā　biànchéng jǐ zhànlǐng le nányáng jùn　yǐ kuòchōng zì jǐ de shì lì fàn wéi
张咨被杀，便乘机占领了南阳郡，以扩充自己的势力范围。

　　hòu lái　běi bù de yuánshào hé zhōngyuán de cáo cāo shì lì qiángshèng qǐ lái　gòngtóng
后来，北部的袁绍和中原的曹操势力强盛起来，共同
jìn gōngyuánshù　yuánshù jīng bú zhùliǎngfāng jiā gōng　zài yángzhōucǎn bài　cóng cǐ zhàn jù
进攻袁术。袁术经不住两方夹攻，在扬州惨败，从此占据
le yángzhōu jùn zhè yí kuài dì fang　jiàn lì le zì jǐ de shì lì fàn wéi
了扬州郡这一块地方，建立了自己的势力范围。

　　yuánshù jiàn hàncháozhèngquán tǔ bēng wǎ jiě　biànxiǎngchènhùn luàn zhī jǐ dēngshànghuáng
袁术见汉朝政权土崩瓦解，便想趁混乱之机登上皇
dì bǎo zuò　zhè shí　tā xiǎng qǐ le shàonián shí dài de hǎo yǒuchén guī　biàn xiě le yì
帝宝座。这时，他想起了少年时代的好友陈珪，便写了一
fēng xìn　qǐngchén guī bāngzhù tā dēng jī dānghuáng dì
封信，请陈珪帮助他登基当皇帝。

陈珪是位很有政治见解的人，心胸广阔，目光远大。接到袁术的信后，他知道自己这位好朋友不具备称王称帝的实力，在经过一番仔细的分析形势后，真诚地回信劝他不要称帝，否则一定会遭遇不好的事情。

陈珪在信中这样写道："我以为你会齐心协力救助汉室，谁知你却想自己独称皇帝，以身试祸，岂不令人痛心！如果迷了路不知道返回，一定不能避免祸患。"

但是，袁术却听不进去陈珪的忠言相劝，最终还是在寿春称帝。

此后不久，正如陈珪所预料的一样，吕布和曹操先后讨伐袁术，袁术经不起接连攻击，终于彻底战败，在逃跑中途病死。

不分高低的兄弟俩

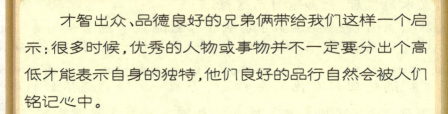

才智出众、品德良好的兄弟俩带给我们这样一个启示：很多时候，优秀的人物或事物并不一定要分出个高低才能表示自身的独特，他们良好的品行自然会被人们铭记心中。

dōnghàn shí   yǐngchuānyǒu gè jiàochén shí de rén   zì yòucōngmínghào xué   hòu lái
东汉时，颍川有个叫陈寔的人，自幼聪明好学。后来

zuò le xiànguān yīn lián jié fènggōngshēnshòu bǎi xìng ài dài   tā de dà ér zi jiàoyuánfāng
做了县官，因廉洁奉公深受百姓爱戴。他的大儿子叫元方，

xiǎo ér zi jiào jì fāng yě yǒu hěn gāo de dé xíng dāng shí yù zhōu de chéngqiángshangdōu huà
小儿子叫季方，也有很高的德行，当时豫州的城墙上都画

zhe tā men fù zǐ sān rén de tú xiàng mù dì shì ràng bǎi xìngxué xí tā men de liánghǎo pǐn dé
着他们父子三人的图像，目的是让百姓学习他们的良好品德。

yǒu yí cì   chényuánfāng de ér zi chángwén   jì fāng de ér zi xiàoxiān liǎng rén zài yì
有一次，陈元方的儿子长文，季方的儿子孝先，两人在一

qǐ tán lùn qǐ le gè zì fù qīn de gōng dé xiāng hù bǐ jiàoshéi de fù qīngōng dé gāo
起谈论起了各自父亲的功德，相互比较谁的父亲功德高。

chángwénshuō   wǒ fù qīn duì gè xìngqiáng de rényòngdào yì lái kāi dǎo tā   shēng
长文说："我父亲对个性强的人用道义来开导他，生

xìng ruò de rényòngrén ài lái fǔ dǎo tā   bǎi xìngdōunéng ān yú zhí yè   yīn cǐ jiā fù de
性弱的人用仁爱来辅导他，百姓都能安于职业，因此家父的

dé xíng gāo
德行高。"

xiàoxiānshuō   wǒ de fù qīn hǎo bǐ yì zhūshēngzhǎng zài tài shānshang de guì shù
孝先说："我的父亲好比一株生长在泰山上的桂树，

44

上面有万仞那么高，下面有不可测的深渊。在那种情况下，桂树哪里知道泰山有多高、渊泉有多深？所以我无法说家父的功德到底有多高。"

就这样，他们争了好长时间也决断不下，都说自己父亲的功德比对方父亲的功德高，于是他们一块儿去找祖父陈寔，让他来做个判断。

陈寔笑着说："元方难为兄，季方难为弟。"意思是元方难做兄长，季方难做弟弟，即他们两个人的见识、才智、功德都好，分不出高下。

两个孙子听了祖父的话满意而去，以后再也没有因为这件事发生过争吵。

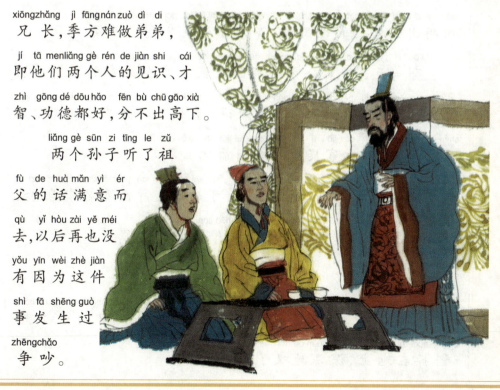

弦章进言齐景公

领导者喜欢怎么做，下面的人便也跟着怎么做。生活中这样的例子很多，所以我们一定要认清自己的恶习，然后坚决改掉它，只有这样才能成长为一个优秀的管理者。

chūn qiū shí qī　zì cóng qí guó zǎi xiàng yàn yīng sǐ le zhī hòu　jiù méi rén gǎn dāng
春秋时期，自从齐国宰相晏婴死了之后，就没人敢当
miàn zhǐ chū qí jǐnggōng de guò shī le　qí jǐnggōng wèi cǐ gǎn dào hěn kǔ mèn
面指出齐景公的过失了，齐景公为此感到很苦闷。

yǒu yì tiān　qí jǐnggōng qǐng suǒ yǒu de wén wǔ bǎi guān qián lái cān jiā yàn huì　jiǔ
有一天，齐景公请所有的文武百官前来参加宴会。酒
xí shang　jūn chén jǔ bēi zhù xìng　gāo tán kuò lùn　zhí dào xià wǔ cái sàn　jiǔ hòu　jūn
席上，君臣举杯助兴，高谈阔论，直到下午才散。酒后，君
chén yú xìng wèi jìn　dà jiā tí chū yì qǐ shè jiàn bǐ wǔ qǔ lè
臣余兴未尽，大家提出一起射箭比武取乐。

lún dào qí jǐnggōng　tā jǔ qǐ gōng jiàn　kě shì yì zhī jiàn yě méi shè zhòng bǎ zi
轮到齐景公，他举起弓箭，可是一支箭也没射中靶子，
rán ér dà chén men què zài qí shēng hè cǎi　hǎo jiàn　hǎo jiàn　zhēn shi jiàn fǎ rú
然而大臣们却在齐声喝彩："好箭！好箭！""真是箭法如
shén　jǔ shì wú shuāng
神，举世无双。"

jǐnggōng tīng le　hěn bù gāo xìng　tā chén xià liǎn lái　bǎ shǒu zhōng de gōng jiàn zhòng
景公听了，很不高兴，他沉下脸来，把手中的弓箭重
zhòng shuāi zài　dì shang shēn shēn de tàn le　yì kǒu qì
重摔在地上，深深地叹了一口气。

正巧，弦章从外面回来，
见此情景，连忙走到景公身旁。

景公伤感地对弦章说：

"弦章啊，我真是想念晏子啊。晏子死了以后，再也没有人愿意当面指出我的过失。我明明没有射中，可他们却异口同声一个劲儿地喝彩，真让我难过呀！"

弦章听了，对齐景公说："这件事情不能全怪那些臣子，古人有话说：'上行而后下效。'君王喜欢吃什么，群臣也就喜欢吃什么；君王喜欢穿什么，群臣也就喜欢穿什么；君王喜欢人家奉承，自然群臣也就常向大王奉承了。"齐景公认为弦章的话很有道理，就派侍从赏给弦章许多珍贵的东西。

弦章看了，摇摇头说："那些奉承大王的人，正是为了要多得一点赏赐，如果我接受了这些赏赐，岂不是也跟那些卑鄙的小人一样了！"

他说什么也不接受这些珍贵的东西。

从此以后，景公对弦章这样忠实的臣子更加赏识了。

韩安国宽恕小人

韩安国,字长儒,梁县成安(今汝州小屯村北)人。他文精武备,能言善辩,为人谦逊,品德良好。这个故事中,韩安国被人侮辱诽谤却不计较的广阔胸怀值得我们大家学习。

48

汉景帝在位时期,朝中有位足智多谋、谦逊厚道的能臣叫韩安国。

有一年,韩安国受到一件案子的牵连,被关进蒙县狱中,等候判决。蒙县狱吏田甲是个势利小人,他见韩安国失了权势,就故意找借口欺侮韩安国。

一次,田甲又借故辱骂韩安国,韩安国实在忍无可忍,就指着田甲的鼻子大骂道:"你这个卑劣无耻的小人,不要以为我韩某人从此再没出头之日了!难道死灰就不可能重新燃烧起来吗?"

田甲听了,讥笑说:"从没听说过死灰还能冒出火花来

的，倘若死灰真的复燃了，我就撒泡尿把它浇灭！"说完扬长而去。

过不多久，景帝的兄弟梁孝王因感念韩安国的功劳，就请求景帝赦免韩安国，于是景帝将韩安国从蒙县狱中释放了出来。韩安国出狱后又当上了官，而且官职比以前还高。田甲听到这个消息，吓得魂不附体，他怕韩安国报复，就主动上门讨饶。

一见面，田甲就扑通跪倒在地，一个劲儿地磕头求饶。韩安国见田甲这副失魂落魄的狼狈样，就讽刺他说："现在死灰复燃了，你来撒泡尿浇灭它吧！"

田甲吓得面无人色，瘫软在地上。

"起来吧。像你这样的人，不值得我报复！"韩安国面无怒色，并无惩罚田甲之意。

田甲大感意外，更加觉得无地自容了。

公子围与穿封戌争功

在现代社会，这种情形也常会发生，比如有人做了不法的事情，知道罪有应得，难逃被惩处的厄运，于是暗地里或进行贿赂，或请托亲友奔走求情，寻求庇护。我们应采取批判的眼光对待这种徇私舞弊的行为。

50

gōngyuánqián nián chǔ guó chū bīnggōng dǎ zhèngguó dāng shí chǔqiángzhèngruò
公元前547年，楚国出兵攻打郑国。当时楚强郑弱，

zhèngguó bù jiǔ biàn zāo dàozhàn bài de è yùn zhèngguó dà jiànghuáng jié shuàibīng dǐ kàng bú
郑国不久便遭到战败的厄运，郑国大将皇颉率兵抵抗，不

xìng bèi fú chéngwéi chǔjiàngchuānfēng shù de fú lǔ
幸被俘，成为楚将穿封戌的俘虏。

yuánběnchuānfēng shù dài zhehuáng jié gāo gāo xìng xìng de huí guó lǐngshǎng shéi zhī zhōng
原本穿封戌带着皇颉高高兴兴地回国领赏，谁知中

tú shā chū gè gōng zǐ wéi lái yìng shì jiānghuáng jié gěi duó le qù gōng zǐ wéi àn dì li
途杀出个公子围来，硬是将皇颉给夺了去。公子围暗地里

shuōdònghuáng jié xī wàng tā bú yào xiè lòu tā bàn lù duógōng de zhēnxiàng
说动皇颉，希望他不要泄露他半路夺功的真相。

chuānfēng shù bù gān xīn zì jǐ de gōngláo bèi bié ren bái bái zhàn le qù jiù hé gōng
穿封戌不甘心自己的功劳被别人白白占了去，就和公

zǐ wéizhēng zhí qǐ lái tā menliǎng rén bǐ cǐ dōu bù kěn ràng bù dōushuō zì jǐ cái shì
子围争执起来。他们两人彼此都不肯让步，都说自己才是

fú huòhuáng jié de rén yì shí jiān méi rén néngpànduànzhēn jiǎ chǔwángbiàn bǎ zhè jiàn shì
俘获皇颉的人。一时间没人能判断真假，楚王便把这件事

jiāo gěi bó zhōu lí lái chǔ lǐ
交给伯州犁来处理。

伯州犁有意偏袒公子围。

他先是把穿封戌和公子围都找来，听过他们的陈述后，伯州犁信心十足地对楚王说："解决这件事最好的办法是问俘虏本人，自己被谁所虏是绝对不会搞错的。"

伯州犁命人把皇颉带上来，举手向上指向公子围说："这是国君弟弟。"又举手向下指向穿封戌说："这是大将军。"又问："究竟是谁捉住你的？"

皇颉因为被穿封戌俘虏，很是恨他，便举手向上指，表示是被公子围所俘虏。于是，伯州犁便判定这是公子围的功劳。

伯州犁与皇颉一唱一和，狼狈为奸，串通作弊。穿封戌大怒之下，带兵去攻打公子围，却没有赶上。

不久，皇颉便被释放归国。

声名狼藉的秦二世

名誉对人的意义非常重要，它可以让我们有更高的目标和更远的理想。从事对自己有意义的事，毕生投入其中，它将会是我们成功的催化剂。而名声低下的人，将会被人鄙视。

战国时期，秦国历经商鞅变法，国势蒸蒸日上，逐渐在"战国七雄"中脱颖而出，成为实力最为强大的一个诸侯国。嬴政登上王位后，通过讨伐战争，消灭六国，统一了天下。

在吞并六国的战争中，秦国涌现了一大批英勇善战的军事将领。蒙恬和蒙毅兄弟二人都是朝中名将，他俩为秦始皇建立基业屡立战功，深受秦始皇的器重和信任。

昏庸无度的秦二世胡亥继位后，为巩固自己的执政地位，听信宦官赵高的坏话，不仅劳民伤财地大兴土木，还先后诛杀了许多有功的朝臣，一时间弄得朝廷上下人人恐慌。

由于蒙毅不畏权势，赵高早就想除掉蒙毅，便对胡亥说："先帝在世时打算立你为太子，就是蒙毅不赞成，我看不如杀掉他吧！"

胡亥听信了赵高的谗言，于是把蒙毅拘押在代县，并派去使者曲宫逼令蒙毅自杀。

蒙毅批驳了赵高强加给他的罪名，并说道："过去昭襄王杀白起，楚平王杀吴奢，吴王夫差杀伍子胥，这些昏君个个都犯下了杀害忠良的错误，遭到天下人的谴责，恶声狼藉，遍布诸侯国。所以我劝你们不要滥杀无辜，以免最后落下个不好的下场！"

蒙毅死后不久，蒙恬也服毒自杀了。

齐人有一妻一妾

国学经典

从前，有一个齐国人，家里有一妻一妾。

这个齐国人每次外出，总是酒足饭饱才回家。他的妻子感到有些奇怪，心想：没听说他在外面做什么大事，家里妻妾又没有过什么好日子，他怎么有钱经常在外大吃大喝呢？于是便问其原因。齐国人说道："我在外面结交的都是些富贵家的人，人家三天一大宴、两天一小宴，请我去还用花钱吃酒肉？"

他的妻子半信半疑，悄悄对小妾说："我们的丈夫每次外出，总是吃饱了才回来。问他同什么人一起吃饭，他总是说和一些有钱的人。可是为什么我们家从来没有高贵的人

54

^{lái dēng mén bài fǎng ne}
来登门拜访呢？我明天要偷偷

^{de gēn zhe tā}　^{kàn tā jiū jìng qù xiē shén me}
地跟着他，看他究竟去些什么

^{dì fang}
地方。"

^{dì èr tiān qīngchén}　^{qí rén de qī zi hěn zǎo jiù qǐ chuáng le}　^{tā duǒ duǒ shǎn shǎn de wěi}
　　第二天清晨，齐人的妻子很早就起床了，她躲躲闪闪地尾

^{suí zài zhàng fu de shēn hòu}　^{yí lù shang yǒu hǎo jǐ cì xiǎn xiē bèi zhàng fu fā xiàn}　^{kě shì tā}
随在丈夫的身后。一路上，有好几次险些被丈夫发现，可是她

^{yī rán jǐn gēn qí hòu}　^{rán ér zǒu biàn quán chéng}　^{jìng rán méi yǒu yí gè rén tóng tā zhàng fu shuō}
依然紧跟其后。然而走遍全城，竟然没有一个人同她丈夫说

^{huà}　^{gèng bú yòng shuō yǒu rén qǐng tā chī fàn le}　^{zuì hòu}　^{qí rén lái dào dōng jiāo wài de fén dì}
话，更不用说有人请他吃饭了。最后，齐人来到东郊外的坟地。

^{zhǐ jiàn tā zǒu xiàng nà xiē jì zǔ shàng fén de rén}　^{xiàng tā men kě lián bā bā de qǐ tǎo cán shèng}
只见他走向那些祭祖上坟的人，向他们可怜巴巴地乞讨残剩

^{de jiǔ cài}
的酒菜。

^{yuán lái zhè jiù shì tā jiǔ zú fàn bǎo de fāng fǎ ya}　^{qí rén de qī zi xīn suì de gǎn}
　　"原来这就是他酒足饭饱的方法呀！"齐人的妻子心碎地感

^{tàn dào}　^{huí dào jiā hòu}　^{tā bǎ shì qing de jīng guò gào su le xiǎo qiè}　^{xiǎng dào zì jǐ zhōng shēn}
叹道。回到家后，她把事情的经过告诉了小妾。想到自己终身

^{yī kào de zhàng fu jìng rán shì zhè ge yàng zi}　^{liǎng gè rén bù jīn shāng xīn de bào tóu tòng kū qǐ lái}
依靠的丈夫竟然是这个样子，两个人不禁伤心地抱头痛哭起来。

^{zhè shí}　^{tā men de zhàng fu cóng}
这时，她们的丈夫从

^{wài miàn huí lái le}　^{jì xù xiàng wǎng}
外面回来了，继续像往

^{cháng yí yàng jiāo ào de zài qī qiè miàn}
常一样骄傲地在妻妾面

^{qián chuī xū}
前吹嘘……

卫人教女

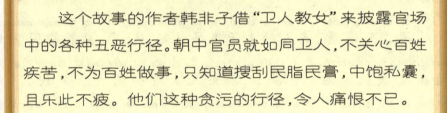

　　这个故事的作者韩非子借"卫人教女"来披露官场中的各种丑恶行径。朝中官员就如同卫人，不关心百姓疾苦，不为百姓做事，只知道搜刮民脂民膏，中饱私囊，且乐此不疲。他们这种贪污的行径，令人痛恨不已。

国学经典

yǒu gè wèi guó rén　　bù jǐn shí fēn tān cái　　ér qiě wéi rén chǔ shì de fāng fǎ yě yǔ
有个卫国人，不仅十分贪财，而且为人处世的方法也与

cháng rén bù tóng
常人不同。

zhè tiān shì tā nǚ ér chū jià de dà xǐ rì zi　　tā què bǎ nǚ ér qiāoqiāo lā dào
这天是他女儿出嫁的大喜日子，他却把女儿悄悄拉到

yì biān　xiǎoshēngdīng zhǔ dào　　nǚ ér ya　nǐ dào le pó jiā　　yí dìng yào duō zǎn xiē sī
一边，小声叮嘱道："女儿呀，你到了婆家，一定要多攒些私

fáng qián　　zuò rén jiā de xí fu er　　bèi xiū huí jiā de　　shì chángyǒu de shì　　néng hé
房钱。做人家的媳妇儿，被休回家的，是常有的事。能和

zhàng fu bái tóu xié lǎo de　　shì shǎo zhī yòu shǎo a　　rú guǒ yǐ hòuzhàng fu bù xǐ huan nǐ
丈夫白头偕老的，是少之又少啊！如果以后丈夫不喜欢你

le　bǎ nǐ xiū huí jiā　zán men yě kě yǐ guò de shū fu　yì diǎn er
了，把你休回家，咱们也可以过得舒服一点儿。"

hòu lái　　tā de nǚ ér jià guò qù hòu　　pó jiā jiā jìng jiào hǎo　　tā nǚ ér de fū
后来，他的女儿嫁过去后，婆家家境较好，他女儿的夫

xù duì tā nǚ ér yě hěn hǎo　　fū qī liǎ de gǎn qíng yì kāi shǐ xiāngdāng hé mù
婿对他女儿也很好，夫妻俩的感情一开始相当和睦。

hòu lái　dāng tā dé zhī nǚ ér bìngméi yǒu tīng tā de huà　xīn zhōng shí fēn nǎo nù
后来，当他得知女儿并没有听他的话，心中十分恼怒。

为了让女儿顺从自己的意愿，

他便不断捎来口信，提醒女儿

要多攒些私房钱。他的女儿终

于在父亲的教唆下，听从了他的话，所以一有机会，就从婆家捞

点儿小钱小利，拼命地积攒私房钱。

一开始她婆家还没有觉察出来，可是到了后来，日子长了，

媳妇不光明的做法终于被她婆婆发现了。结果，婆婆就让她

儿子把他的媳妇休回了娘家。她带回家的财物比出嫁时的嫁

妆还要多一倍。

这个卫国人见女儿被休回娘家，女儿还带回来这么多财物，

高兴地说："父亲当初说

的话没错吧！"

卫国人的女

儿听了，连连点

头称是。

景公求雨

在我国古代的寓言故事中，关于晏子的故事很多，这则故事则是讲述晏子在景公面前敢于直言和景公虚心接受批评的故事，同时也告诉我们，辅佐帝王的臣子一定要敢于为民请命，而高高在上的帝王也不应当只顾养尊处优而忘记百姓的疾苦。

国学经典

yǒu yì nián   qí guó de tiān qì biàn de guài yì qǐ lái   jiǔ hàn wú yǔ   yīn cǐ nóng
有一年，齐国的天气变得怪异起来，久旱无雨，因此农

mín men cuò guò le bō zhǒng de zuì jiā shí jié
民们错过了播种的最佳时节。

qí guó guó jūn jǐng gōng duì cǐ fēi cháng zháo jí   tā zhào jí qúnchénwèn dào   tiān bú
齐国国君景公对此非常着急，他召集群臣问道："天不

xià yǔ yǐ jīng hěn jiǔ le   lǎo bǎi xìng è de miànhuáng jī shòu de   wǒ pài rén wèi zhè shì
下雨已经很久了，老百姓饿得面黄肌瘦的，我派人为这事

zhān bǔ guo   shuō shì shānshén hé bó zài zuò guài   wǒ xiǎngshāowēi zhēngshōu yì diǎn er qián
占卜过，说是山神河伯在作怪。我想稍微征收一点儿钱

lái jì sì yí xià shānshén kě yǐ ma   qúnchén zhī zhōng wú rén duì dá
来祭祀一下山神，可以吗？"群臣之中无人对答。

zhè shí   yǒu yí gè gǎn yú zhí yán de dà chényàn zǐ shàngqián duì jǐnggōngshuō   qí
这时，有一个敢于直言的大臣晏子上前对景公说："齐

wáng   wǒ rèn wéi zhèyàng bù xíng   jì sì shānshén shì méi yǒuyòngchu de   shānshénběn lái
王，我认为这样不行，祭祀山神是没有用处的。山神本来

jiù yǐ shí tou wéishēn qū   yǐ cǎo mù wéi máo fà   tiāncháng jiǔ bú xià yǔ   shānshén de máo
就以石头为身躯，以草木为毛发，天长久不下雨，山神的毛

fà jiānghuì kū jiāo   jī ròu yě shài jiāo le   tā nán dào jiù bú pàn yǔ ma   rú guǒ tā néng
发将会枯焦，肌肉也晒焦了，它难道就不盼雨吗？如果它能

gòu shǐ tiān xià yǔ　　yǔ zǎo yǐ xià le
够使天下雨，雨早已下了！"

　　jǐng gōng tīng le yàn zǐ de huà　jué de yě
　　景公听了晏子的话，觉得也

hěn yǒu dào lǐ　　jiù wèn dào　　nà kě yǐ jì
很有道理，就问道："那可以祭

sì yí xià hé bó ma
祀一下河伯吗？"

　　yàn zǐ shuō　　wǒ jué de zhè yàng yě bù xíng　　hé bó běn lái jiù yǐ shuǐ miàn wéi guó tǔ
　　晏子说："我觉得这样也不行。河伯本来就以水面为国土，

yǐ yú biē wéi bǎi xìng　tiān jiǔ bú xià yǔ　quán shuǐ jiāng huì xià shèn　hé liú jiāng huì gān hé　guó
以鱼鳖为百姓，天久不下雨，泉水将会下渗，河流将会干涸，国

tǔ jiāng huì sàng shī　bǎi xìng jiāng huì miè jué　nán dào tā jiù bú pàn yǔ ma
土将会丧失，百姓将会灭绝，难道它就不盼雨吗？"

　　jǐng gōng tīng le zhòu méi shuō dào　　nà nǐ shuō xiàn zài gāi zěn me bàn ne
　　景公听了皱眉说道："那你说现在该怎么办呢？"

　　yàn zǐ huí dá shuō　　nín rú guǒ néng lí kāi gōng diàn　dào yě wài qù rì shài yè lù　gēn
　　晏子回答说："您如果能离开宫殿，到野外去日晒夜露，跟

shān shén hé bó yí yàng　wèi zì jǐ de rén mín　tǔ dì dān yōu　lǎo tiān yě xǔ huì xià yǔ ba
山神河伯一样，为自己的人民、土地担忧，老天也许会下雨吧？"

　　yú shì　　jǐng gōng biàn hé nóng mín tóng
　　于是，景公便和农民同

chī tóng zhù　　sān tiān zhī hòu
吃同住。三天之后，

zhōng yú xià le　yì cháng dà
终于下了一场大

yǔ　qí guó de lǎo bǎi xìng
雨，齐国的老百姓

biàn jiāng zhuāng jia bǔ zhòng
便将庄稼补种

shàng le
上了。

春申君弃妻

　　这则寓言告诉人们：做人要有自己的主见，不能被别人的一些花言巧语所蒙骗。春申君作为国君，显然缺乏国君应有的大气与宽容，为生活中的一些琐事轻信了小妾之言，自己也不问原因，就抛弃了自己的妻子。如果在国家大事上还沿袭这种风格，那就真是一个糊涂虫了。

chǔzhuāngwáng de dì di jiào chūnshēn jūn yǒu gè chǒng ài de xiǎo qiè jiào yú
楚庄王的弟弟叫春申君，有个宠爱的小妾叫余。

yú shēng de guó sè tiānxiāng shēn cái gāo tiǎo ér qiě néngyánshànbiàn shēn dé chūnshēn
余生得国色天香，身材高挑，而且能言善辩，深得春申

jūn de chǒng ài chūnshēn jūn de zhèng qī jiào zuò jiǎ jiǎ zuò shì shí zài rén yě lǎo shi
君的宠爱。春申君的正妻叫作甲，甲做事实在，人也老实，

suī rán zuǐ bèn le diǎn dàn hěn huì tǐ tiē rén
虽然嘴笨了点，但很会体贴人。

yú zhè ge rén xiǎo dù jǐ cháng jīngcháng tiāo jiǎ de cì dòng bú dòng jiù pò kǒu dà
余这个人小肚鸡肠，经常挑甲的刺，动不动就破口大

mà jiāng qí shì wéi yǎnzhōngdīng
骂，将其视为眼中钉。

yú xiǎngràngchūnshēn jūn pāo qì zhèng qī jiǎ zì jǐ lái qǔ dài zhèng qī de wèi zhì
余想让春申君抛弃正妻甲，自己来取代正妻的位置。

yì tiān yú xiǎng le yí gè è dú de bàn fǎ tā bǎ zì jǐ de shēn tǐ nòngchū
一天，余想了一个恶毒的办法。她把自己的身体弄出

yì xiē shānghén dǎ suàn lái xiàn hài jiǎ yǐ dá dào qǔ dài zhèng qī jiǎ de mù dì
一些伤痕，打算来陷害甲，以达到取代正妻甲的目的。

zhōng yú děngdàochūnshēn jūn huí lái le yú kuài bù pǎo le guò qù yí fù hěn wěi
终于等到春申君回来了，余快步跑了过去，一副很委

^{qu de yàng zi} ^{chūn shēn jūn jué de qí guài}
屈的样子。春申君觉得奇怪，

^{wèn yú yuányóu} ^{tā zhuāngzhe bù gǎnshuō}
问余缘由，她装着不敢说。

^{chūn shēn jūn jí le} ^{yí zài zhuīwèn} ^{tā}
春申君急了，一再追问，她

^{cái yì biān bǎ zì jǐ shēnshang de shāngkǒu gěi chūn shēn jūn kàn} ^{yì biān kū zheshuō} ^{wǒ nénggòu}
才一边把自己身上的伤口给春申君看，一边哭着说："我能够

^{gěi nín zuò qiè} ^{gǎn dào fēi chángxìng fú} ^{suī rán rú cǐ} ^{rú guǒ wǒ shùncóng fū rén de yì yuàn}
给您做妾，感到非常幸福。虽然如此，如果我顺从夫人的意愿，

^{jiù méi fǎ shì fèng nín le} ^{yào shi shùncóng nín de yì yuàn} ^{jiù méi fǎ shì fèng fū rén le} ^{wǒ běn}
就没法侍奉您了；要是顺从您的意愿，就没法侍奉夫人了。我本

^{lái jiù bù zhōngyòng} ^{wǒ de néng lì bù zú yǐ tóng shí shì fèng nín hé fū rén liǎngwèi zhǔ rén} ^{kàn}
来就不中用，我的能力不足以同时侍奉您和夫人两位主人，看

^{xíng shì} ^{bù kě néng duì shuāngfāng dōushùncóng} ^{yǔ qí sǐ yú fū rén zhī shǒu hái bù rú jiù zài}
形势，不可能对双方都顺从。与其死于夫人之手，还不如就在

^{nín miànqián zì shā ba} ^{wǒ sǐ zhī hòu} ^{nín rú guǒ yù}
您面前自杀吧。我死之后，您如果遇

^{dào suǒchǒng ài de rén} ^{nín yí dìngyào liú xīn}
到所宠爱的人，您一定要留心

^{fū rén dù jì a}
夫人妒忌啊！"

^{chūn shēn jūn tīng le} ^{dà chī yì}
春申君听了，大吃一

^{jīng} ^{qì fèn de shuō} ^{méi yǒuxiǎngdào}
惊，气愤地说："没有想到

^{jiǎ shì zhèyàng de rén} ^{wǒ zhēn shì hú}
甲是这样的人，我真是糊

^{tu a}
涂啊！"

^{bù jiǔ hòu} ^{chūn shēn jūn biànjiāngzhèng}
不久后，春申君便将正

^{qī jiǎ pāo qì le}
妻甲抛弃了。

伯乐哭千里马

传说中，天上管理马匹的神仙叫伯乐。在人间，人们把精于鉴别马匹优劣的人，也称为伯乐。 这匹上了年纪的好马，在遇到伯乐这位知心人后，"仰而鸣，声达于天"。

在古代的时候，由于没有现代化的交通工具，人们出行的最好帮手就是马了。

那个时候，几乎家家都养有马匹，主人也把这些马当朋友一样对待，因此，便出现了很多"日行千里，夜行八百"的良马。

从前，就有这样一匹千里马，虽然它已经老了，可主人还让它拉着笨重的盐车翻越太行山。这匹千里马被累得四蹄僵直，膝部不能伸展，尾巴被盐汗浸泡着，皮肤有些地方已经溃烂了………

到了半山坡，这匹千里马实在走不动了，背上压着沉重的车辕,怎么挣扎也上不了坡。它累得扑倒在地,蹄子和膝磕得鲜血直流。然而赶车人丝毫不疼惜,还粗暴地鞭笞它。老马只得蹒跚赶路,身上的鲜血一滴滴洒在路上。

正在这时,善于相马的伯乐遇见了它,连忙下车,一边抚摸着它,一边痛哭起来:"我伯乐一生与马为伴,我实在不忍心看到自己的朋友受这种虐待。我伯乐虽有一双火眼金睛,却无法救你于水火之中,真是可悲呀!"

这匹老马听了,先是低头喷气,既而昂首长鸣。那洪亮的声音直冲云天,就像从钟磬上发出的声音一样。这是为什么呢?

因为它遇见了伯乐这样的知己啊!

延陵季子和打柴人

这则寓言讽刺了那些有一点钱和权就自命不凡的人，殊不知，他们的一切都是老百姓给的，自认为自己有很大的能力。打柴的老人以朴实的语言道出了其中的道理，讽刺了那些以貌取人的肤浅之人。另外，老农不为金钱和权力的诱惑而改变自己的做法也值得我们学习。

gǔ shí hou　yǒu gè jiào yán líng jì zǐ de guānyuán　zhè ge rén fēng liú tì tǎng　bǎo
古时候，有个叫延陵季子的官员，这个人风流倜傥，饱

xué shī shū　xǐ huanyóu lì míngshān dà chuān rán ér tā zì rèn wéi shì cháotíngmìngguān　zuò
学诗书，喜欢游历名山大川，然而他自认为是朝廷命官，做

shì zǒng shì ào qì shí zú
事总是傲气十足。

yǒu yì nián xià tiān　jīngchéng rè de shí zài dài bú xià qù le　　tā biàn dǎ suàndào jiāo
有一年夏天，京城热得实在待不下去了，他便打算到郊

wài qù chuī chuīfēng　dào chù zǒu zou kàn kan
外去吹吹风，到处走走看看。

yì tiān　zài yóu wán de lù shang　yán líng jì zǐ fā xiàn dì shangyǒu yí luò de jīn
一天，在游玩的路上，延陵季子发现地上有遗落的金

zi　zuò wéi yí gè yǒushēn fen de rén　tā dāngrán bú xiè yú dì shang nà jǐ kuài jīn zi le
子。作为一个有身份的人，他当然不屑于地上那几块金子了。

shí dāngxià jì de wǔ yuè　què jiàn yǒu yí gè chuānzhe pí ǎo de dǎ chái rén
时当夏季的五月，却见有一个穿着皮袄的打柴人。

jì zǐ biàn hū jiào nà ge dǎ chái rénshuō　　wèi　nǐ kuài qù bǎ dì shang de jīn zi
季子便呼叫那个打柴人说："喂，你快去把地上的金子

jiǎn qǐ lái ba　　tā kě yǐ ràng nǐ yì nián bú yòng láo dòng　chī xiāng hē là　ràng nǐ de quán
捡起来吧！它可以让你一年不用劳动，吃香喝辣，让你的全

64

jiā guòshanghǎo rì zi ne
家过上好日子呢。”

dǎ chái rén tīng dào zhè huà　　bǎ lián dāorēng
打柴人听到这话,把镰刀扔

dào dì shang dèng dà le yǎn jing　　bǎi zheshǒushuō
到地上,瞪大了眼睛,摆着手说

dào　　zěn me nǐ dì wèi zhè me gāo　kàn wèn tí què zhè me dī xià ne　　yí tài róngmào zhè me
道:“怎么你地位这么高,看问题却这么低下呢!仪态容貌这么

háozhuàng ér yán yǔ què zhè me cū yě ne　　wǒ zhèngdāng xià tiān wǔ yuè chuānzhe pí yī kǎn chái
豪壮,而言语却这么粗野呢!我正当夏天五月,穿着皮衣砍柴,

nán dào jiù shì lái ná bié ren yí shī de jīn zi ma
难道就是来拿别人遗失的金子吗?”

yán líng jì zǐ tīng le hěn cán kuì　　jiù chéngkěn de xiàngkǎn chái rén xiè zuì　　bìngqǐngwèn tā
延陵季子听了很惭愧,就诚恳地向砍柴人谢罪,并请问他

de xìngmíng
的姓名。

dǎ chái rénshuō　　nǐ cóngwài biǎokàn shì gè yǒu dì wèi yǒu zhī shi de rén　què bú guò shì
打柴人说:“你从外表看是个有地位有知识的人,却不过是

gè zhǐ huì kàn biǎomiàn　　zhěngtiān jiù zhī dào chī bǎo hē zú　　wú suǒ shì shì de rén bà le　　wǒ
个只会看表面,整天就知道吃饱喝足,无所事事的人罢了。我

zěn me zhí dé bǎ zì jǐ de xìngmínggào su gěi nǐ ne　　suī rán wǒ yǐ dǎ chái wéishēng　　dàn wǒ
怎么值得把自己的姓名告诉给你呢?虽然我以打柴为生,但我

shì píngjiè zì jǐ de láo dòngshēng
是凭借自己的劳动生

huó　　xiàng nǐ men zhèzhǒngkào bié
活。像你们这种靠别

ren chī fàn de rén　wǒ shì bú xiè
人吃饭的人,我是不屑

yú gào su nǐ wǒ de xìngmíng de
于告诉你我的姓名的。”

shuōwán dǎ chái rén méi yǒu lǐ cǎi
说完,打柴人没有理睬

jì zǐ jiù zǒu diào le
季子就走掉了。

如此孝子

　　这则寓言揭穿了一个伪善者的假面具，而且，这样的伪善是毫无人性的，哪有盼望母亲早死的儿子呢？这样做的目的无非是要借此大哭一场，以落得个"孝子"的好名声。

cóngqián　zài yí zuò chéng shì li　　yǒu liǎng hù shì dài wéi lín de rén jiā
从前，在一座城市里，有两户世代为邻的人家。

dōng lín jiā jìng pín hán　mǔ zǐ liǎ xiāng yī wéi mìng　mǔ qīn shēng bìng wò chuáng duō
东邻家境贫寒，母子俩相依为命。母亲生病卧床多

nián　dàn tā de hái zi suī rán nián yòu　què tè bié dǒng shì　zǒng shì chù chù wèi mǔ qīn zhuó
年，但她的孩子虽然年幼，却特别懂事，总是处处为母亲着

xiǎng　bǎ jiā li shōu shi de jǐng jǐng yǒu tiáo
想，把家里收拾得井井有条。

rén cháng shuō　　jiǔ bìng chuáng qián wú xiào zǐ　　dàn dōng lín jiā de hái zi què néng
人常说，"久病床前无孝子"，但东邻家的孩子却能

yì rú jì wǎng de xì xīn zhào gù wò chuáng de mǔ qīn　měi tiān　tā cóng shān shang kǎn chái
一如既往地细心照顾卧床的母亲。每天，他从山上砍柴

huí lái　lái bu jí hē yì kǒu shuǐ chuǎn yì kǒu qì　dōu yào xiān wèi tǎng zài bìng chuáng shang
回来，来不及喝一口水，喘一口气，都要先为躺在病床上

de mǔ qīn zuò fàn　mǔ qīn bèi ér zi zhào gù de fēi cháng zhōu dào　dōng lín jiā de hái zi
的母亲做饭。母亲被儿子照顾得非常周到，东邻家的孩子

chéng le fāng yuán bǎi lǐ yǒu míng de dà xiào zǐ
成了方圆百里有名的大孝子。

zhè tiān xià wǔ　dōng lín jiā de hái zi cóng shān shang kǎn chái huí lái　kě dāng tā zuò
这天下午，东邻家的孩子从山上砍柴回来，可当他做

hǎo le fàn　cái fā xiàn bù zhī dàoshén me shí hou
好了饭，才发现不知道什么时候

mǔ qin yǐ jīng qù shì le
母亲已经去世了。

　　mǔ qin jiù zhèyàng qù shì le　dōng lín jiā
　　母亲就这样去世了，东邻家

de hái zi shāng xīn jí le　tā rěn zhù le bēi shāng　wèi mǔ qīnsòngzàng
的孩子伤心极了，他忍住了悲伤，为母亲送葬。

　　xī lín jiā de hái zi zhěngtiān yóushǒuhào xián　wú suǒ shì shì　jiā li de shì qing tā yì
　　西邻家的孩子整天游手好闲，无所事事，家里的事情他一

diǎn er yě bù guān xīn　dāng tā kàn jiàndōng lín jiā de mǔ qīn sǐ le　kě tā de hái zi wèi mǔ
点儿也不关心。当他看见东邻家的母亲死了，可她的孩子为母

qīnsòngzàng shí　kū de yì diǎn yě bù bēi shāng de shí hou　biànpǎo huí jiā duì zì jǐ de mǔ qīn
亲送葬时，哭得一点也不悲伤的时候，便跑回家对自己的母亲

shuō　mā　nǐ zěn me bù sǐ ne　rú guǒ nǐ sǐ le　sòngzàng de shí hou　wǒ yí dìng yào fēi
说："妈，你怎么不死呢？如果你死了，送葬的时候，我一定要非

chángbēi tòng de kū nǐ　zhè wèi mǔ qīn tīng le yǐ hòu　qì de shuō bù chū huà lái
常悲痛地哭你！"这位母亲听了以后，气得说不出话来。

　　xiàngzhèzhǒngpànwàngmǔ qīn zǎo sǐ de rén　nǎ yǒuxiào xīn kě
　　像这种盼望母亲早死的人，哪有孝心可

yán ne　jí shǐ mǔ qīn sǐ le　tā yě bú huì zhēn de bēi shāng
言呢？即使母亲死了，他也不会真的悲伤。

偷肉人

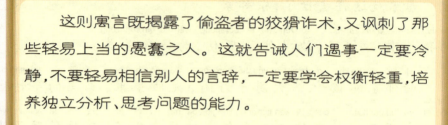

这则寓言既揭露了偷盗者的狡猾诈术，又讽刺了那些轻易上当的愚蠢之人。这就告诫人们遇事一定要冷静，不要轻易相信别人的言辞，一定要学会权衡轻重，培养独立分析、思考问题的能力。

一天，有一个人到集市上去买肉。买好肉后，在回家的路上，这人突然感到肚子不舒服，于是他就提着肉四下找厕所。终于在一条小街的尽头找到一个厕所，他随手就把肉挂在门外。

这时，另一个人恰巧路过这里，他惊奇地发现有一大块鲜肉挂在厕所的门外，四周竟然没有一个人。这个人心里高兴极了，心想：哈哈，这下我可捡到便宜了！他左看看，右瞧瞧，确定没人后，马上伸手拿走了那块肉。

就在这个时候，买肉的人刚好上完厕所从里面出来，偷肉的人吓了一跳，他赶紧把肉放在嘴里咬住，然后准备若无其事地离开。

买肉人出来后，发现肉不见

了，于是就着急地问眼前用嘴

衔着肉的人："请问，你有没有看见我挂在这个厕所门外的一块

猪肉？"

那个偷肉的人，连忙摇摇头，用手指着嘴里衔着的肉，口齿

不清地说："你把肉挂在门外，哪能不丢呢？如果你像我一样把

肉衔在嘴里，还有可能丢吗？"

买肉的人听了好半天，

才明白他的话，他搔搔脑袋

在那儿疑惑开了："是呀，我

怎么那么笨呢？要像他那样

把肉衔在嘴里不就没事儿了

吗？"

最后，买肉的人只好两

手空空地回家了，而那个偷

肉人却衔着肉一溜烟地跑了。

可怜的小鳖

这只可怜的小鳖看来是难逃厄运了。它费尽全身力气，才爬过了那条小桥，可是狠毒的主人却还要让它再爬一次。如果小鳖侥幸再次安然无恙的话，那个可恶的主人肯定会再次让小鳖爬这条小桥，直到最后小鳖不慎掉到沸腾的水中为止。

cóngqián yǒu yí gè rén wú yì zhōng zhuā dào le yì zhī xiǎo biē zhè ge rén zhuā dào
从前，有一个人无意中抓到了一只小鳖。这个人抓到

zhè zhī biē hòu xiǎng cháng chang xiān dǎ suàn bǎ tā zhǔ le chī diào dàn rú guǒ huó shēng
这只鳖后，想尝尝鲜，打算把它煮了吃掉。但如果活生

shēng de bǎ yì zhī biē shā sǐ tā yòu bú yuàn yì ràng rén shuō tā rèn yì shā shēng
生地把一只鳖杀死，他又不愿意让人说他任意杀生。

dào le zuò wǎn fàn de shí jiān zhè ge rén zài guō li fàng shàng shuǐ hé mǐ diǎn shàng
到了做晚饭的时间，这个人在锅里放上水和米，点上

chái kāi shǐ zuò fàn zhè shí guō li de shuǐ shāo kāi le shuǐ zhèng zài gū gū de jiào
柴开始做饭。这时，锅里的水烧开了，水正在"咕咕"地叫

gè bù tíng zhè ge rén tū rán jì shàng xīn lái tā pǎo dào yuàn zi li qǔ lái yì gēn xì
个不停。这个人突然计上心来，他跑到院子里取来一根细

xiǎo de zhú zi bǎ zhú zi jià dào guō shang
小的竹子，把竹子架到锅上。

zhè shí tā xì shēng xì yǔ de wèn fàng zài wèng li de xiǎo biē xiǎo biē ya yǒu
这时，他细声细语地问放在瓮里的小鳖："小鳖呀，有

jiàn shì qing yào hé nǐ shāng liang yí xià
件事情要和你商量一下。"

xiǎo biē zhī dào zhè rén méi yǒu shén me hǎo xīn yǎn zhǐ hǎo shuō wǒ yǐ jīng luò dào
小鳖知道这人没有什么好心眼，只好说："我已经落到

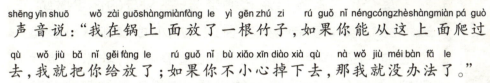

nǐ de shǒushang hái yǒushén me hǎoshāngliang de
你的手上，还有什么好商量的，

nǐ shuō ba
你说吧！"

　　nà rén jiǎo zhà de zhǎ zha yǎn jing　　fàng dà
　　那人狡诈地眨眨眼睛，放大

shēng yīn shuō　　wǒ zài guō shàngmiànfàng le　　yì gēn zhú zi　　rú guǒ nǐ néngcóngzhèshàngmiàn pá guò
声音说："我在锅上面放了一根竹子，如果你能从这上面爬过

qù　　wǒ jiù bǎ nǐ gěi fàng le　　rú guǒ nǐ bù xiǎo xīn diào xià qù　　nà wǒ jiù méi bàn fǎ le
去，我就把你给放了；如果你不小心掉下去，那我就没办法了。"

　　xiǎo biē zhī dào zhè shì tā zài shī jì piàn shā zì jǐ　　dàn yòu bié wú xuǎn zé　　zhǐ hǎo kāi shǐ
　　小鳖知道这是他在施计骗杀自己，但又别无选择，只好开始

pá zhè gēn zhú zi　　tā xiǎo xīn yì yì de wǎngqián pá　　yǒu hǎo jǐ　　cì　　dōu chà diǎndiào dào guō li
爬这根竹子。它小心翼翼地往前爬，有好几次都差点掉到锅里

qù　　dàn zuì hòu hái shi miǎnqiǎng pá　le　guò qù
去，但最后还是勉强爬了过去。

　　zhè rén yí kàn zì jǐ de guǐ jì méi yǒu dé chěng　　dà wéi nǎo nù　　yú shì　　tā qì jí
　　这人一看自己的诡计没有得逞，大为恼怒。于是，他气急

bài huài de jiào dào　　xiǎo biē ya　　kàn nǐ biǎoyǎn de zhè me jīng cǎi　　jiù zài pá yí cì gěi wǒ kàn
败坏地叫道："小鳖呀，看你表演得这么精彩，就再爬一次给我看

kan　　hǎo bu hǎo
看，好不好？"

　　shì xiǎng　　jiù shì xiǎo biē zài cì pá guò
　　试想，就是小鳖再次爬过

qù　　nà rén yě bú huì fàng le tā de
去，那人也不会放了它的。

北斗七星

每个孩子都渴望温暖的亲情，在父母的怀里撒娇，天凉的时候有母亲给织毛衣穿。而小拉普却从小没见过他娘，备受同伴的嘲笑。小拉普很委屈，非常渴望找到娘，最终他实现了自己的梦想。这篇故事教育我们要敬爱父母，珍惜亲情，这是每个人都应该做到的。

cóngqián yǒu gè niǎnshānjiàng tā bú dàn lì dà wú bǐ zuì kě guì de shì tā yǒu
从前，有个撵山匠，他不但力大无比，最可贵的是他有

yì kē shànliáng zhī xīn fāngyuán bǎi lǐ de qióng kǔ rén jiā dōu dé dào guo tā de bāngzhù
一颗善良之心，方圆百里的穷苦人家都得到过他的帮助。

tiānshàngyǒu liù gè xiān nǚ zuì xiǎo de xiān nǚ ài shàng le zhè ge shànliáng de niǎnshān
天上有六个仙女，最小的仙女爱上了这个善良的撵山

jiàng tā lái dào fán jiān biànchéng yì duǒshēngzài lù biān de líng zhī jūn niǎnshānjiàng
匠。她来到凡间，变成一朵生在路边的灵芝菌。撵山匠

kàn dào hòu máng bǎ tā cǎi xià lái dài huí jiā dì èr tiān dāng tā xǐng lái yí kàn zhǐ
看到后，忙把它采下来带回家。第二天，当他醒来一看，只

jiàn wū li yǒu gè měi ruò tiān xiān de nǚ zǐ cóng cǐ niǎnshānjiàng hé xiǎoxiān nǚ guò zhe
见屋里有个美若天仙的女子。从此，撵山匠和小仙女过着

tián mì de rì zi yì nián hòu xiān nǚ shēng le gè ér zi qǔ míng lā pǔ
甜蜜的日子。一年后，仙女生了个儿子，取名拉普。

lā pǔ gāngmǎn yí suì shí yù huáng dà dì dé zhī xiǎoxiān nǚ sī xià rén jiān jiù
拉普刚满一岁时，玉皇大帝得知小仙女私下人间，就

mìng rén bǎ tā yā sòngshàngtiān zhǎng dà hòu de lā pǔ shàng le xué bié de tóng xué jīng
命人把她押送上天。长大后的拉普上了学，别的同学经

chángxiào tā méiniáng
常笑他没娘。

lā pǔ shòu le wěi qu　huí jiā lái kū zhe
拉普受了委屈，回家来哭着

xiàng diē yàoniáng　diē die chén mò wú yǔ　zhǐ
向爹要娘。爹爹沉默无语，只

shì diào yǎn lèi　lā pǔ biàn qù wèn lǎo shī　lǎo
是掉眼泪。拉普便去问老师，老

shī chá le tiān shū　zhī dào tā shì xiān nǚ de ér zi　jiù gào su tā　mǒu yuè mǒu rì　yǒu liù zhī
师查了天书，知道他是仙女的儿子，就告诉他，某月某日，有六只

tiān é zài tiānshānshang de tiān chí li xǐ zǎo　dì liù zhī jiù shì tā de niáng
天鹅在天山上的天池里洗澡，第六只就是他的娘。

lā pǔ zhǎodào le zì jǐ de niáng　mǔ zǐ xiāngjiàn　bào tóu tòng kū　lín bié shí　xiǎoxiān
拉普找到了自己的娘，母子相见，抱头痛哭。临别时，小仙

nǚ gěi ér zi yí gè hú lu　jiào tā huí dào jiā li zài dǎ kāi
女给儿子一个葫芦，叫他回到家里再打开。

lā pǔ huí dào jiā　dǎ kāi hú lu　dào chū yì kē jīn guā zǐ　lā pǔ bǎ tā zhòngdào
拉普回到家，打开葫芦，倒出一颗金瓜子。拉普把它种到

dì li hòuzhǎngchū le yì kē guāyāng zhuàng shi de guāténg yì zhí zhǎngdào tiānshang lā pǔ biànshùn
地里后长出了一棵瓜秧，壮实的瓜藤一直长到天上，拉普便顺

téng pá shàng qù zhǎoniáng
藤爬上去找娘。

xiàn zài　měidāngqínglǎng de yè wǎn　wǒ men kě yǐ kàn jiàn zài běi fāng de tiānkōngzhōng yǒu
现在，每当晴朗的夜晚，我们可以看见在北方的天空中，有

liù kē míngliàng de xīng xing　nà jiù shì tiānshàng de liù gè xiān nǚ　jù dì liù kē shāoyuǎn yì
六颗明亮的星星，那就是天上的六个仙女。距第六颗稍远一

diǎn　hái yǒu yì kē xiǎoxiǎo de xīng xing　nà
点，还有一颗小小的星星，那

jiù shì qù zhǎoniáng de lā pǔ。rén men jiào
就是去找娘的拉普。人们叫

tā　lā pǔ xīng　yě yǒu rén jiào tā　méi
它"拉普星"，也有人叫它"没

niángxīng
娘星"。

天狗吞月

传说上古时候天上出现了 10 个太阳，烤得人间草木枯焦，民不聊生。是英雄后羿射下了 9 个太阳，让人间的气候适宜，万物得以生长。后羿射日虽然是个美丽的传说，但后羿为了天下百姓的幸福和安定，不畏艰险射日的英勇精神仍然值得我们学习。

74

shénjiànshǒuhòu yì shè sǐ le zhì kǎo dà dì de tài yáng　lǎo bǎi xìng dōu gǎn xiè tā
神箭手后羿射死了炙烤大地的太阳，老百姓都感谢他

de ēn dé　zhè jiàn shì jīngdòng le tiānshàng de wáng mǔ niángniang　tā jué dìng yào jiǎngshǎng
的恩德。这件事惊动了天上的王母娘娘，她决定要奖赏

hòu yì
后羿。

yì tiān　wáng mǔ niángniang bǎ zhèng zài wéi liè de hòu yì hǎn dào gēn qián　lìnghóng yī
一天，王母娘娘把正在围猎的后羿喊到跟前，令红衣

xiān nǚ qǔ chū líng yàoliǎng lì　rénshēn yì gēn　zhǔ fù hòu yì shuō　huí jiā yòngrénshēntāng
仙女取出灵药两粒，人参一根，嘱咐后羿说："回家用人参汤

zhǔ shú tūn fú　kě yǐ chéngxiān　hòu yì jiē le líng yào　xiè guòwáng mǔ niángniang　dài
煮熟吞服，可以成仙。"后羿接了灵药，谢过王母娘娘，带

zhe tā de liè gǒu hēi ěr　tuó zhe yì zhī shè sǐ de jīn qián bào　gāo xìng de huí jiā le
着他的猎狗黑耳，驮着一只射死的金钱豹，高兴地回家了。

huí jiā hòu　hòu yì bǎ shì qing de jīng guòxiàng qī zi cháng é shuō le　bìngràng tā
回家后，后羿把事情的经过向妻子嫦娥说了，并让她

zài jiā áo yào　děng tā bǎ liè wù sònggěi fù lǎo xiāng qīn hòu　fū qī èr rén yì tóngshēng
在家熬药，等他把猎物送给父老乡亲后，夫妻二人一同升

tiānchéngxiān
天成仙。

嫦娥按后羿的嘱托，把仙
药放在人参汤里煮。不一会儿，
她突然闻到仙药煮熟了的香味。

她忍不住嘴馋，偷偷地把药全吃了。

天黑了，嫦娥见丈夫还没回来就出来看，谁知刚一出门，身
子便随着凉风飞了起来。嫦娥落泪了，她恨自己嘴馋偷吃灵药，
抛下了丈夫。

门外的猎狗黑耳见嫦娥偷吃灵药，就叫唤着扑进屋里。闻
到香味后，它便一爪扒翻了锅，舔了舔剩下的
人参汤，径直朝天上的嫦娥追去。

嫦娥听到黑耳的叫声，又惊又怕，一头
闯进月亮里。黑耳身子
越长越长，连嫦娥带月
亮一起吞了下去。

后来，我们就称之为
"天狗吞月"。

彩 虹

　　这位名叫依勒克的神仙,他有着一颗关心百姓疾苦的博爱之心,就算自己伤心欲绝、流尽了眼泪,也要变成彩虹守护着人间。这种为民分忧解难的可贵精神,是我们应该学习的。

　　zài tiānshàng yǒu yí gè jiào yī lè kè de shénxiān　　yì tiān　tā wú yì zhōng fǔ shì
　　在天上有一个叫依勒克的神仙。一天,他无意中俯视
rén jiān　　kàn dào ā měi rén shēnghuó de dì qū zāi hài lián lián　gè gè chuān de yī shān lán
人间,看到阿美人生活的地区灾害连连,个个穿得衣衫褴
lǚ　shēnghuó xīn kǔ jí le　　yú shì　tā jiù biàn zuò yí gè yīng jùn de shàonián lái dào rén
褛,生活辛苦极了。于是,他就变作一个英俊的少年来到人
jiān　xiǎng bāngzhù ā měi rén guò shàngxìng fú de shēnghuó
间,想帮助阿美人过上幸福的生活。

　　yī lè kè zuò le yì zhī dà tuó luó fàng zài dì shang chōu yí xià　tián dì píngzhěng
　　依勒克做了一只大陀螺放在地上,抽一下,田地平整
le　chōuliǎng xià　qīngqīng de shuǐ mào chū lái le　tā bǎ ā měi rén zhù de dì fangbiàn
了;抽两下,清清的水冒出来了。他把阿美人住的地方变
chéng le liángtián　zhè nián qiū tiān　ā měi rén huò dé le dà fēngshōu　bù jiǔ　yī lè
成了良田。这年秋天,阿美人获得了大丰收。不久,依勒
kè hé rén shì jiān yí wèi měi lì de gū niangchéng le qīn
克和人世间一位美丽的姑娘成了亲。

　　kě shì　yī lè kè bì jìng shì tiānshàng de shénxiān　bù néngcháng zhù rén jiān　yì
　　可是,依勒克毕竟是天上的神仙,不能常住人间。一
tiān　yī lè kè duì qī zi shuō　wǒ xiān dào tiānshàng qù　biànchéng yí jià tiān tī　nǐ
天,依勒克对妻子说:"我先到天上去,变成一架天梯,你

shùn tī zi pá shàng lái　wǒ men jiù néng yǒng bù
顺梯子爬上来，我们就能永不

fēn lí　dàn shì nǐ zài tiān tī shàng qiān wàn bù
分离。但是你在天梯上千万不

néng tàn qì　yí tàn qì　tiān tī jiù duàn le
能叹气，一叹气，天梯就断了。"

　　yī lè kè gào bié le qī zi hé fù lǎo xiāng qīn　fēi shàng tiān yǔ　rán hòu biàn chéng yí jià
　　依勒克告别了妻子和父老乡亲，飞上天宇，然后变成一架

ruǎn tī　cháng cháng de chuí le xià lái　qī zi hán zhe rè lèi gào bié le qīn péng hǎo yǒu　tā jì
软梯，长长地垂了下来。妻子含着热泪告别了亲朋好友，她既

shě bu de jiā xiāng　yě shě bu de zhàng fu　yīn cǐ　qíng bú zì jīn de tàn le yì kǒu qì　shà
舍不得家乡，也舍不得丈夫。因此，情不自禁地叹了一口气，霎

shí jiān　tiān tī duàn le　yī lè kè máng wān yāo jiù qī zi　kě shì tài wǎn le　qī zi cóng bàn
时间，天梯断了，依勒克忙弯腰救妻子，可是太晚了，妻子从半

kōng zhōng diē luò dào dì shang
空中跌落到地上。

　　shāng xīn yù jué de yī lè kè kū
　　伤心欲绝的依勒克哭

wān le yāo　lèi shuǐ huì chéng yí gè shēn tán
弯了腰，泪水汇成一个深潭，

tā biàn jiāng zì jǐ de ài qī ān zàng zài shuǐ
他便将自己的爱妻安葬在水

li　jiù zài zhè ge shí hou　tā fā xiàn
里。就在这个时候，他发现

zì jǐ biàn chéng le sè cǎi bīn fēn de cǎi
自己变成了色彩缤纷的彩

hóng　cóng cǐ　tā jiù mò mò de lì zài
虹。从此，他就默默地立在

bàn kōng　wèi rén jiān bō yún jiàng yǔ　bìng qī
半空，为人间播云降雨，并期

wàng zhe xīn ài de qī zi yǒu yì tiān huì
望着心爱的妻子有一天会

shùn zhe cǎi hóng cháo zì jǐ zǒu lái
顺着彩虹朝自己走来。

阿里山

勤劳善良的阿里,在别人遇到危险的时候毫不犹豫地挺身而出;在百姓的生命受到威胁的时候毅然牺牲自我;即使死后,也为人间留下了美丽的山水。他这种伟大的精神将永远鼓励着我们!

cóngqián tái wān jiā yì xiàn de ā lǐ shān jiào tū shān yīn wèi shān shang méi yǒu huā
从前,台湾嘉义县的阿里山叫秃山,因为山上没有花

cǎo shù mù nà me zhè zuò tū shān shì zěnyàng yǒu le shù mù hé huā cǎo yòu wèi shén me
草树木。那么,这座秃山是怎样有了树木和花草,又为什么

gǎi míng jiào ā lǐ shān ne dāng dì liú chuán zhe zhèyàng yí gè gù shi
改名叫阿里山呢? 当地流传着这样一个故事。

zài zhè zuò tū shān de běi miàn zhù zhe yí gè kào dǎ liè wéi shēng de xiǎo huǒ zi ā
在这座秃山的北面住着一个靠打猎为生的小伙子阿

lǐ yǒu yì tiān ā lǐ zài běi shān pō shang xún zhǎo liè wù tū rán kàn jiàn shān xià yí gè
里。有一天,阿里在北山坡上寻找猎物,突然看见山下一个

shǒu ná lóng tóu guǎi zhàng de bái hú zi lǎo tóu zhèng zhuài zhe liǎng gè cǎi huā gū niang wǎng nán
手拿龙头拐杖的白胡子老头,正拽着两个采花姑娘往南

shān pō shang lā ā lǐ kàn dào liǎng gè gū niang shòu dào qī fu jiù guò qù bǎ bái hú zi
山坡上拉。阿里看到两个姑娘受到欺负,就过去把白胡子

lǎo tóu dǎ pǎo le
老头打跑了。

zhè xià ā lǐ chuǎng le dà huò yuán lái nà liǎng gè gū niang běn shì tiān shàng de
这下,阿里闯了大祸。原来那两个姑娘本是天上的

xiān nǚ nà ge lǎo tóu shì tiān shàng de lǎo shòuxing yù dì pài lǎo shòuxing xià lái zhuō ná
仙女,那个老头是天上的老寿星。玉帝派老寿星下来捉拿

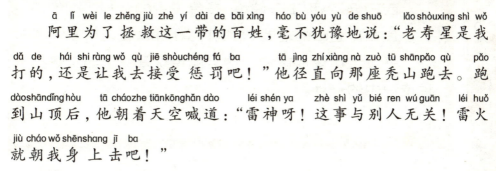

gū niang huí tiān gōng zhì zuì　　ā lǐ què pǎo guò lái
姑娘回天宫治罪，阿里却跑过来

bǎ tā dǎ pǎo le　　xiàn zài　　yù dì zhèn nù
把他打跑了。现在，玉帝震怒，

yào ràng léi shén yòng léi huǒ shāo sǐ zhè lǐ de shēng líng
要让雷神用雷火烧死这里的生灵！

ā lǐ wèi le zhěng jiù zhè yí dài de bǎi xìng　　háo bù yóu yù de shuō　　lǎo shòu xing shì wǒ
阿里为了拯救这一带的百姓，毫不犹豫地说："老寿星是我

dǎ de　　hái shi ràng wǒ qù jiē shòu chéng fá ba　　tā jìng zhí xiàng nà zuò tū shān pǎo qù　　pǎo
打的，还是让我去接受惩罚吧！"他径直向那座秃山跑去。跑

dào shān dǐng hòu　　tā cháo zhe tiān kōng hǎn dào　　léi shén ya　　zhè shì yǔ bié ren wú guān　　léi huǒ
到山顶后，他朝着天空喊道："雷神呀！这事与别人无关！雷火

jiù cháo wǒ shēn shang jī ba
就朝我身上去吧！"

zhè shí　　zhǐ tīng qíng kōng xiǎng qǐ yí gè zhà léi　　bǎ ā lǐ de shēn tǐ jī de fěn suì　　léi
这时，只听晴空响起一个炸雷，把阿里的身体击得粉碎，雷

huǒ zài tū shān dǐng shang shāo qǐ lái　　yīn wèi zhè zuò shān shang méi yǒu shù mù hé huā cǎo　　hái méi
火在秃山顶上烧起来。因为这座山上没有树木和花草，还没

shāo dào bàn shān yāo　　léi huǒ jiù xī miè le　　ā lǐ suī rán bèi léi huǒ jī sǐ le　　dàn zhè zuò tū
烧到半山腰，雷火就熄灭了。阿里虽然被雷火击死了，但这座秃

shān shang què zhǎng chū le yí piàn piàn shù mù　　nà liǎng
山上却长出了一片片树木。那两

gè xiān nǚ jiàn ā lǐ shě jǐ wèi rén　　shēn wéi gǎn dòng
个仙女见阿里舍己为人，深为感动，

yú shì liǎng rén biàn biàn chéng le huā cǎo　　péi bàn zài
于是两人便变成了花草，陪伴在

ā lǐ shēn biān
阿里身边。

hòu lái　　rén men wèi le jì niàn ā lǐ　　jiù
后来，人们为了纪念阿里，就

bǎ zhè zuò tū shān gǎi míng wéi ā lǐ shān
把这座秃山改名为阿里山。

镜泊湖

　　西王母，俗称王母娘娘，是传说中的女神。相传西王母住在昆仑山的瑶池，园里种有蟠桃，食之可长生不老。平波宝镜变成镜泊湖的美丽传说是关于西王母种种传说中的一种。

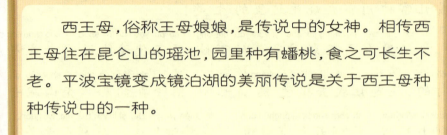

chuánshuō yù huáng dà dì guòshēng rì shí gè lù shénxiān dōu ná zhe xī shì zhēnbǎo
　　传说，玉皇大帝过生日时，各路神仙都拿着稀世珍宝

dào líng xiāo bǎo diàn qù gěi tā bài shòu tiān tíng li xiān yuè zòuxiǎng shí fēn rè nao zhè
到灵霄宝殿去给他拜寿，天庭里仙乐奏响，十分热闹。这

tiān xī wáng mǔ yě zài yáo chí dà bàn pán táo shèng huì yàn qǐngzhòngshén
天，西王母也在瑶池大办蟠桃盛会，宴请众神。

yàn huì jié shù hòu xī wáng mǔ zhèngyào shū tóu què fā xiàn tā de píng bō bǎo jìng
　　宴会结束后，西王母正要梳头，却发现她的平波宝镜

bú jiàn le zhè kě bǎ gōng nǚ men xià huài le tā menzhǎobiàn gè gōng gè diàn yě méi jiàn dào
不见了，这可把宫女们吓坏了，她们找遍各宫各殿也没见到

bǎo jìng de yǐng zi
宝镜的影子。

píng bō bǎo jìng shì wáng mǔ niángniang de xīn ài zhī wù yù dì dé zhī hòu mángmìng
　　平波宝镜是王母娘娘的心爱之物，玉帝得知后，忙命

léi gōng léi mǔ xùn sù dào xià jiè xúnzhǎo tā liǎ chá biàn le jiāng hé hú hǎi hé sānshān wǔ
雷公雷母迅速到下界寻找。他俩查遍了江河湖海和三山五

yuè dāng lái dào níng ān shàngkōng de shí hou fā xiàn zài hú shuǐ li píngtǎngzhe yí miànbǎo jìng
岳，当来到宁安上空的时候，发现在湖水里平躺着一面宝镜。

zhèmiànbǎo jìng shì rú hé diào dào zhè lǐ lái de ne
　　这面宝镜是如何掉到这里来的呢？

原来，在蟠桃会上，不知哪位醉意朦胧的仙女，一不小心，把西王母的宝镜挂落在洗脸盆里。又不知哪位粗心的仙女，倒洗脸水时，把水连同宝镜一起泼进了天河。宝镜又顺着瀑布，滚落在大湖中央。自从掉进那面镜子以后，湖面上风平浪静，任凭刮多大的风，也掀不起一卷波浪。湖水又清又香，招引来无数蜻蜓、凤蝶、蜜蜂，在湖面上翩翩起舞。无论冬夏，总是一派艳丽的春光。

从此，这个大湖就叫"镜泊湖"。

自此，每年农历六月十五晚上，众仙女都会到湖里沐浴嬉戏。西王母害怕哪个邪恶妖魔偷偷地把平波宝镜盗走，就派老黑山看守。这就是至今仍矗立在镜泊湖岸的那座老黑山，也称大黑山。无论春夏秋冬，大黑山总是挺直身子站在那里，忠心耿耿地看护宝镜。

吐血的石狮子

这个故事中的母子俩虽然生活清贫，但他们能够恪守自己做人的本分，不贪小便宜，诚实善良，正直无私。正是由于这些可贵的品质，他们才逃过了一场灭顶之灾，没有被洪水吞噬。

很久以前，京城里热闹繁华，天下一派太平。可是后来，一个昏庸的皇帝当了政，朝廷的大官贪赃枉法，把京城里弄得乌烟瘴气。

有一年，在京城的一条大街上，一位老爷爷开了个卖油的铺子。这位老爷爷卖的油又清又香，他只在店门口挂着一个收钱的箱子，放多少钱，拿多少油，全凭自觉。所以这个油店的生意特别好，每天都有许多人从很远的地方赶来，但是来买油的人几乎都是少给钱，多拿油。

离城不远住着一户人家，只有母亲和儿子两个人相依为命。有一天，儿子用卖柴火的钱在老爷爷的油店买了一

国学经典

píng yóu。 ná huí qù hòu， fā xiàn shǎo gěi le
瓶油。拿回去后，发现少给了

wǔ wén qián。 mǔ qīn biàn ràng ér zi tí zhe yóu
五文钱。母亲便让儿子提着油

píng， bǎ duō yǎo de yóu dào huí yóu gāng
瓶，把多舀的油倒回油缸。

mài yóu de lǎo yé ye kàn dào zhè yí qiè， qiāo qiāo de duì tā shuō：bù jiǔ chéng mén wài de
卖油的老爷爷看到这一切，悄悄地对他说："不久城门外的

nà ge dà shí shī zi de zuǐ li huì mào xiě， nǐ ruò shì kàn jiàn le jiù gǎn kuài táo pǎo
那个大石狮子的嘴里会冒血，你若是看见了就赶快逃跑。"

yuán lái lǎo yé ye zhèng shì bā xiān zhī yī de lǚ dòng bīn。 lǚ dòng bīn dé zhī yù dì yào
原来老爷爷正是八仙之一的吕洞宾。吕洞宾得知玉帝要

chéng fá hūn yōng de huáng dì， bǎ zhè lǐ biàn chéng wāng yáng，tā xiǎng jiě jiù yì xiē shàn liáng chéng shí
惩罚昏庸的皇帝，把这里变成汪洋，他想解救一些善良诚实

de rén， biàn lái dào rén jiān xún zhǎo。
的人，便来到人间寻找。

chéng wài yǒu gè liú tú fū bù zhī zěn me tīng shuō le zhè jiàn shì， tā xiǎng xì nòng yí xià nián
城外有个刘屠夫不知怎么听说了这件事，他想戏弄一下年

qīng rén， jiù bǎ zhū xiě dào jìn shí shī zi zuǐ li。 zhè cì， nián qīng rén yí kàn shí shī zi zuǐ li
轻人，就把猪血倒进石狮子嘴里。这次，年轻人一看石狮子嘴里

xiān xuè zhí liú， jiù jí máng pǎo huí jiā bēi qǐ mā ma wǎng shān shang pǎo。 bié de xiāng qīn jiàn le
鲜血直流，就急忙跑回家背起妈妈往山上跑。别的乡亲见了

tā men hái kāi kǒu cháo xiào
他们还开口嘲笑。

bù yí huì er， tū rán guā qǐ le kuáng fēng， xià qǐ le bào yǔ， jiù zài
不一会儿，突然刮起了狂风，下起了暴雨，就在

nián qīng rén bēi zhe mǔ qīn lí kāi cūn zi bù jiǔ， zhǐ tīng
年轻人背着母亲离开村子不久，只听

jiàn bèi hòu zhèn tiān dòng dì de yì shēng jù xiǎng，
见背后震天动地的一声巨响，

zhuǎn yǎn jiān zhěng gè jīng chéng biàn chéng
转眼间，整个京城变成

le yí piàn wāng yáng dà hǎi。
了一片汪洋大海。

变成虾蛄的东东

哥哥贪心吝啬，弟弟却勤劳善良。这对人品迥异的兄弟俩所遭遇的结果也不相同：一个羞愧地变成虾蛄悄悄地躲到了大海里；另一个，我们不难想象，弟弟一定和美丽的翠儿从此过起了幸福的日子。我们应该相信，只有纯真的心灵和勤劳的双手才能让我们生活得更加美好。

国学经典

84

cóngqián hǎi biān yǒu yí gè yú cūn cūn li yǒu yí hù rén jiā fù mǔ shuāngwáng
从前，海边有一个渔村。村里有一户人家，父母双亡，

zhǐ yǒuxiōng dì liǎng gè rén gē ge jiàodōngdong dì di jiào xī xi
只有兄弟两个人，哥哥叫东东，弟弟叫西西。

zhǎng dà hòu dōngdongchéng le jiā xī xi jiù gēn zhe gē ge sǎo sao yì qǐ guò
长大后，东东成了家，西西就跟着哥哥嫂嫂一起过。

kě shì sǎo sao xīn xiōng
可是，嫂嫂心胸

xiá xiǎo tā hài pà xī
狭小，她害怕西

xi jiāng lái yǔ tā men fēn
西将来与他们分

jiā chǎn jiù chángcháng
家产，就常常

gěi tā liǎn sè kàn hòu lái
给他脸色看，后来

hái ràngzhàng fu bǎ dì di
还让丈夫把弟弟

gǎn chū le jiā mén
赶出了家门。

yí huǎng wǔ nián guò qù le　　 zài zhè wǔ
一晃五年过去了。在这五

nián li　xī xi de gē ge fā le dà cái　 tā
年里,西西的哥哥发了大财。他

hái bī zhe yí gè yīn wèi fù mǔ shuāng wáng qiàn
还逼着一个因为父母双亡、欠

le tā xǔ duō qián de gū niang cuì er zhuān mén shì
了他许多钱的姑娘翠儿专门侍

hòu tā men fū fù　 zhè wǔ nián li　 dì di xī
候他们夫妇。这五年里,弟弟西

xi yě zhǎng dà le　 tā tīng shuō gē ge ràng cuì
西也长大了。他听说哥哥让翠

er méi rì méi yè de gàn huó　 hái cháng cháng dǎ
儿没日没夜地干活,还常常打

mà tā　 yīn cǐ jiù jīng cháng bāng cuì er tiāo shuǐ
骂她,因此就经常帮翠儿挑水、

pī chái　 cuì er jiàn xī xi rén pǐn hǎo　liǎng gè rén jiù xiāng ài le
劈柴。翠儿见西西人品好,两个人就相爱了。

xīn nián kuài dào le　 yú cūn li yǒu gè chuán tǒng　 dà nián sān shí wǎnshang yào shuǎ lóng dēng
新年快到了,渔村里有个传统,大年三十晚上要耍龙灯、

wǔ shī zi　 guà yú dēng
舞狮子、挂鱼灯。

dōng dong xiǎng bǎi bai zì jǐ jiā li de kuò qi　 yě xiǎng zā yú dēng　 kě shì tā bèn shǒu
东东想摆摆自己家里的阔气,也想扎鱼灯。可是他笨手

bèn jiǎo de　 jiù jiǎ zhuāng qīn rè de ràng dì di bāng tā zā　 xī xi de shǒu qiǎo jí le　méi jǐ
笨脚的,就假装亲热地让弟弟帮他扎。西西的手巧极了,没几

tiān tā jiù zā chéng le　 gè piào liang de yú dēng
天他就扎成了100个漂亮的鱼灯。

dà nián sān shí zhè tiān　 tài yáng gāng xià shān　cūn zi li de dēng long jiù quán diǎn liàng le　 gè
大年三十这天,太阳刚下山,村子里的灯笼就全点亮了,各

zhǒng gè yàng de yú dēng zhēn shi piào liang jí le　 bú guò　 dà jiā dōu shuō xī xi zā de yú dēng zuì
种各样的鱼灯真是漂亮极了,不过,大家都说西西扎的鱼灯最

hǎo kàn
好看。

好奇的龙公主知道了，瞒着龙王上了岸，变成一个小姑娘，也跑到东东家里看鱼灯。不知不觉，天快亮了，公鸡打起鸣来，龙公主吓坏了。原来，她在鸡叫前必须回到海里，否则就会现出大蟒的原形。

嫂嫂看见花园里盘着一条水桶粗的大蟒，一下子吓死了。东东看到后，也吓昏了过去。只有西西敢靠近大蟒，龙公主就把事情的真相告诉了他。

西西重新把龙公主放回了大海，龙公主感激地说："如果你以后遇到难处，在海边叫三声'龙公主'，我就会来帮你。"说完，就游走了。

东东的老婆被大蟒吓死后，他马上就打起了翠儿的主

意。不过，翠儿说什么也不愿意嫁给东东，她就去找西西商量。西

西想了想，就把龙公主找了出来。龙公主听后说："你把我放在你屋子里的水缸中，我自有办法帮你！"说着她就变成一条小鱼让西西带回了家。

到家后，西西把小鱼放进水缸里。只见金光一闪，西西就站在一座崭新的大瓦房里，屋子里什么家具都有。桌子、椅子、床……什么都是新的，看起来漂亮极了。

东东回来后，看到弟弟住的房子那么气派，就非要和他换。西西就说："好吧！那你不准再逼翠儿嫁给你！"贪心的东东毫不犹豫地答应了。

当天晚上，东东兴奋地睡在新床上。三更天的时候，水缸里的鱼儿变成龙公主的样子，回到大海去了。

天亮了，突然那新瓦房里的新家具全没了，最后，房子渐渐地缩小了，一眨眼，就缩成一个硬邦邦的壳。东东则变成一只虾蛄，背着硬硬的壳，躲到了大海里。

相思树

原本韩凭与妻子过着相亲相爱、美满幸福的生活。可是，由于康王从中破坏，他们不得不劳燕分飞。尽管如此，他们对爱情的忠贞和彼此生死与共的相守仍然令我们深深感动。

宋国有一位姓何的姑娘，她长得貌美如花。后来，她嫁给了一个叫韩凭的侍卫官，两人过着甜蜜的日子。

可好景不长，宋康王见到了韩凭的妻子何氏，被她的美貌所打动，就硬将她抢到了皇宫。韩凭又气又恨，径直闯入宫中与康王理论。康王便找借口把韩凭抓了起来，罚他到城外去做苦力。可怜的韩凭咽不下这夺妻之恨，不久便自杀了。

何氏被抢入宫以后，十分想念丈夫韩凭。没过多久，韩凭的死讯便传到了她的耳中，从此，何氏一天天地消瘦下去，她决心一死，去幽都与丈夫相会。

这天，何氏趁康王陪她外出，登高台眺望的机会，纵身跳下高台，殉情自杀了。在此之前，她给康王留下一封信，要求康王将她与韩凭合葬。可是康王反而将她与韩凭分开，分别埋在路的两旁。

韩凭与妻子何氏的坟墓遥遥相对，可两座坟上长出的野花、灌木却相应成对，人们争相传播着这一奇闻。

康王听说以后，恨恨地说："他们既然如此恩爱，如果上天显灵，真要能把坟墓连在一起的话，我就答应要求。"就在第二天，那两座坟上便奇迹般地长出两棵碗口粗的梓树。那两棵树全都向着对面伸展长大，树枝互相交错，树根互相交叉，形成连理，几乎把路都挡住了。一对鸳鸯住在了树上，从早到晚诉说着它们的相思。因此，宋国人就把这两棵树叫作相思树。

旱魃

旱魃虽然给人们带来了可怕的干旱，遭到大家的无尽指责，但是，万事万物是相对的，正如发生水灾的时候，旱魃却总能够轻易平息。由此可知，我们看待事物和问题要从不同的方面综合考虑，只有这样才能得到客观公正的结果。

90

chuánshuō zhōng huáng dì yǒu gè nǚ ér míng zi jiào bá   tā shēng lái shén yì hěn
传说中黄帝有个女儿，名字叫魃。她生来神异，很

yǒu líng xìng zhǎng dà yǐ hòu gèng shì bù dé liǎo fǎ shù gāo qiáng néng liàng wú bǐ hǎo xiē
有灵性，长大以后更是不得了，法术高强，能量无比，好些

shén rén dōu pà tā sān fēn
神人都怕她三分。

bá zhù zài xì kūn shān de gòng gōng zhī tái shang jīng cháng shēn chuān qīng yī shēn tǐ nèi
魃住在系昆山的共工之台上，经常身穿青衣，身体内

zhuāng mǎn le dà liàng de yán rè zài huáng dì yǔ chī yóu zuò zhàn dāng zhōng bá qǐ dào le
装满了大量的炎热。在黄帝与蚩尤作战当中，魃起到了

fēi cháng zhòng yào de zuò yòng
非常重要的作用。

dāng shí chī yóu qǐng lái fēng bó yǔ shī zhì zào kuáng fēng bào yǔ bǎ dì shang de
当时，蚩尤请来风伯雨师，制造狂风暴雨，把地上的

shù hé rén men de máo wū quán bù cuī huǐ dài jìn dà dì yí piàn wāng yáng huáng dì de shì
树和人们的茅屋全部摧毁殆尽，大地一片汪洋。黄帝的士

bīng jì wú ān shēn zhī chù yě wú shí wù kě xún gǎo de jiào kǔ lián tiān qíng jí zhī
兵既无安身之处，也无食物可寻，搞得叫苦连天。情急之

zhōng huáng dì qǐng qiú tiān dì pài nǚ bá xià fán zhī yuán nǚ bá fèng mìng chū zhàn tā zhàn
中，黄帝请求天帝派女魃下凡支援。女魃奉命出战，她站

zài gāogāo de kūn lún shānshang bǎ fù zhōngzhuāng
在高高的昆仑山上,把腹中装

zhe de jù dà rè néng yì gǔ jìn qīng xiè chū lái
着的巨大热能一股劲倾泻出来。

chà nà jiān kuángfēngbào yǔ xiāo shī de wú yǐng wú
刹那间狂风暴雨消失得无影无

zōng tiānkōngzhōngyòu shì liè rì dāngtóu huáng dì jūn duìchéng jī dǎ bài le chī yóu de jūn duì
踪,天空中又是烈日当头,黄帝军队乘机打败了蚩尤的军队。

dàn shì kě lián de nǚ bá zài bāngzhù fù qīn wánchénggōng yè zhī hòu hàonéng tài duō
但是,可怜的女魃在帮助父亲完成功业之后,耗能太多,

cóng cǐ yǐ hòu zài yě shàng bù liǎo tiān le yóu yú nǚ bá lì xià le qí gōng huáng dì bǎ tā liú
从此以后再也上不了天了。由于女魃立下了奇功,黄帝把她留

zài rén jiān zhì lǐ shuǐ hài cǐ shí nǚ bá yǐ biànchéng le hànshén tā suǒ jīng guò de dì fang
在人间治理水害。此时,女魃已变成了旱神。她所经过的地方

zǒng shì dī yǔ bú luò gěi mín jiān dài lái zāihuāng hé jī è tā jū liú de dì fang zǒng shì
总是滴雨不落,给民间带来灾荒和饥饿。她居留的地方,总是

gān hàn qiān lǐ rén mínshòu hài jí dà biànchēng tā wéi hàn bá
干旱千里,人民受害极大,便称她为"旱魃"。

yīn wèi bá suǒ dào zhī chù jìn shì chì dì qiān lǐ rén menzǒngxiǎngfāng shè fǎ qū zhú tā
因为魃所到之处尽是赤地千里,人们总想方设法驱逐她,

wā hǎo shuǐ dào shū jùn gōu qú qí dǎo dào shén a huí dào chì shuǐ yǐ běi qù ba jù shuō
挖好水道,疏浚沟渠,祈祷道:"神啊,回到赤水以北去吧。"据说,

tā tīng dào zhèzhǒng qí dǎo hòu wǎng
她听到这种祈祷后,往

wǎng jiù cán kuì de huí qù le tā
往就惭愧地回去了,她

yì zǒu tiān jiù luò yǔ le nà lǐ
一走,天就落雨了,那里

de bǎi xìng yòu huì huò dé huómìng de
的百姓又会获得活命的

yǔ lù le hàn tiān qiú yǔ jiù
雨露了。旱天求雨,就

shì cóngzhè lǐ kāi shǐ de
是从这里开始的。

青蛙骑手

国学经典

92

cóngqián zài yí zuò yáoyuǎn de gāoshānshang zhù zheliǎng hù qióng kǔ de rén jiā
从前，在一座遥远的高山上，住着两户穷苦的人家。

bù jiǔ qī zi huái yùn le dànshēng xià de què shì yì zhī qīng wā
不久，妻子怀孕了，但生下的却是一只青蛙。

zhàng fu hěn shī wàng yào bǎ zhè zhī qīng wā rēngchū qù qīng wā shuōhuà le bà
丈夫很失望，要把这只青蛙扔出去，青蛙说话了："爸

ba mā ma ya bú yào bǎ wǒ rēng le wǒ zhǎng dà yǐ hòu yào shǐ wǒ menqióngrén guò
爸、妈妈呀！不要把我扔了！我长大以后，要使我们穷人过

shànghǎo rì zi zhè duì fū qī jiù bǎ tā liú le xià lái
上好日子！"这对夫妻就把它留了下来。

guò le jǐ nián yì
过了几年，一

tiān qīng wā duì mā ma shuō
天，青蛙对妈妈说：

fù jìn yuánwài jiā yǒuliǎng
"附近员外家有两

gè hǎo kàn de gū niang wǒ
个好看的姑娘，我

yào qù tǎo yí gè jì shàn
要去讨一个既善

liángyòunénggàn de zuò xí fu er
良又能干的做媳妇儿。"

mā ma suī rán bù xiāng xìn
妈妈虽然不相信，

dàn hái shi yī le tā　dì èr
但还是依了它。第二

tiān yí dà zǎo　qīng wā jiù dào le
天一大早，青蛙就到了

yuánwài jiā　xiàng tā shuōmíng le
员外家，向他说明了

zì jǐ de lái yì　yuánwài dāng
自己的来意。员外当

rán bú huì bǎ nǚ ér jià gěi tā　yú shì qīng wā jiù kāi shǐ kū　dāng tā kū shí　tiānshàng lì
然不会把女儿嫁给它，于是青蛙就开始哭。当它哭时，天上立

kè wū yún mì bù　shānhóngbào fā　píng dì zhuǎnyǎn biànchéng le wāngyáng　hóngshuǐ bú duànshàng
刻乌云密布，山洪暴发，平地转眼变成了汪洋。洪水不断上

zhǎng hěn kuài jiù bǎ yuánwài de jiā yān mò le
涨，很快就把员外的家淹没了。

yuánwài zhǐ hǎo hǎn dà nǚ ér gēn qīng wā huí jiā　qīng wā lì kè tíng zhǐ le kū　sì zhōu
员外只好喊大女儿跟青蛙回家，青蛙立刻停止了哭，四周

de shuǐ yě tuì le　dà nǚ ér xīn li hěn bú lè yì　zài chū jià de lù shang　tā yòngcáng zài
的水也退了。大女儿心里很不乐意，在出嫁的路上，她用藏在

huái li de shí tou hěn hěn de dǎ le qīng wā yí xià
怀里的石头狠狠地打了青蛙一下。

qīng wā rèn wéi zì jǐ yǔ dà nǚ ér wú yīn yuán　jiù yàoyuánwài bǎ xiǎo nǚ ér jià gěi tā
青蛙认为自己与大女儿无姻缘，就要员外把小女儿嫁给它。

yuánwài zěn me yě bù kěn dā ying　qīng wā jiù kāi shǐ yí shàng yí xià de tiào qǐ lái　dāng tā tiào
员外怎么也不肯答应，青蛙就开始一上一下地跳起来。当它跳

shí　sì zhōugāoshāndōuzhèndòng de bǐ cǐ xiāngpèng
时，四周高山都震动得彼此相碰。

yuánwài hài pà le　máng dā ying bǎ xiǎo nǚ ér jià gěi tā　qīng wā biàntíng zhǐ le tiàodòng
员外害怕了，忙答应把小女儿嫁给它。青蛙便停止了跳动，

gāoshān yě bú zhèndòng le　xiǎo nǚ ér shì gè shànliángcōngmíng de rén　tā rèn wéi zhè zhī qīng wā
高山也不震动了。小女儿是个善良聪明的人，她认为这只青蛙

bú yì bān yīn cǐ yuàn yì gēn tā huí jiā
不一般，因此愿意跟它回家。

qiū tiān lái le chú le qīng wā yì jiā rén dōu qù zhèn shang kàn sài mǎ jué sài
秋天来了，除了青蛙，一家人都去镇上看赛马。决赛

shí hū rán lái le yí gè qīng yī shàonián tā qīngsōng de yíng dé le bǐ sài èr gū niang
时，忽然来了一个青衣少年，他轻松地赢得了比赛。二姑娘

gǎn jué shàonián hěn shú xī kě shì tā diàn jì zhàng fu yú shì zì jǐ jiù xiān huí qù le
感觉少年很熟悉，可是她惦记丈夫，于是自己就先回去了。

dào jiā hòu tā zhǎo bú dào qīng wā zhǐ shì fā xiàn le yì zhāng qīng wā pí zhè shí gū
到家后，她找不到青蛙，只是发现了一张青蛙皮。这时，姑

niang míng bai le nà wèi qīng yī shàonián jiù shì zì jǐ de zhàng fu yīn cǐ tā jiù bǎ qīng wā
娘明白了那位青衣少年就是自己的丈夫，因此她就把青蛙

pí shāodiào le
皮烧掉了。

shàonián huí lái kàn jiàn qīng wā pí méi yǒu le dùn shí dǎo zài dì shang yuán lái tā
少年回来看见青蛙皮没有了，顿时倒在地上。原来，他

shì dà dì de ér zi xiàn zài tā de lì liàng hái bù néng lí kāi qīng wā pí guò yè zài tiān
是大地的儿子，现在他的力量还不能离开青蛙皮过夜，在天

míng yǐ qián tā huì sǐ de
明以前，他会死的。

èr gū niang
二姑娘

shāng xīn de xún wèn
伤心地询问

rú hé cái néng ràng
如何才能让

shàonián huó xià qù
少年活下去，

shàonián ràng tā lì
少年让她立

kè qí shàng nà pǐ
刻骑上那匹

qīng sè de mǎ dào
青色的马，到

94

西方的神殿向神请
求。首先允许这里从
此没有贫富的差异；
其次允许这里从此没
有官压迫百姓。如果
神答应了，这里立刻

可以变得温暖，这样他就不会死了。

二姑娘立刻骑上马去了神殿，她进去向神虔诚地恳求。
神为她的一片诚心所感动，就对她说："你必须在天亮以前，把
这两件事让百姓都知道。只有这样，你的丈夫才可以在蛙皮外
过夜。"二姑娘忙骑上马往回走。

当二姑娘催着马跑进村口时，刚好碰见她父亲。她把事情
向父亲一讲，员外听完就破口大骂女儿，并且还拉着她不让她
告诉村里人。二姑娘心急万分，正和父亲纠缠时，鸡已经叫了，
这时一切都晚了。

就这样，青蛙骑手白白地死去了。可是人们并没有忘记它，
直到今天还流传着它的故事。

太白金星寻访天帝

张友人，即传说中的玉皇大帝。据说他一出娘肚子便会说话，刚刚满月便能滚会爬，3个月就会走路，1岁就敢骑马。更重要的是，他还心地善良，心存正义，大人小孩没有不喜欢他的。

自从世上有了人类之后，大地上渐渐有了部落、村庄和自己的君主；天上的神仙和地府的小鬼也越来越多。于是，天上、人间、地府这三界开始变得混乱起来。

天庭几位德高望重的神仙非常担心，如果继续这样乱下去，势必会天塌地陷。他们商议之后认为，必须选举一位

德才兼备的天神来做天上的皇帝。太白金星决定到凡间去寻找这样的贤人。不久，他就找到一个名叫张友

人的合适人选，可是他还是不太放心，决心试探一下。

这天上午，在大街上走着一个衣衫破烂、又脏又臭的叫花子。路人碰见他，

都纷纷掩鼻而过。那叫花子刚走到张家门前便昏倒了。

张友人从外面回来，发现一个叫花子躺在门外，连忙将他背回家中，放在自己的床上，又灌盐水，又喂姜汤，忙了好长时间，才将叫花子救醒。

叫花子醒来后，开口就要鱼要肉要酒，张友人并不计较，立即让妻子一一照办。叫花子吃了两斤肉、喝了三斤酒，又喝了四盆汤、吃了五碗饭之后，又让张友人给他做人参燕窝汤，张友人二话不说，很快照做。

叫花子在张家住了半个月，张友人待他像亲兄弟一样体贴照顾。他这才相信，张友人是个名副其实的大善人。于是，他就说出了自己真正的身份，而张友人正是他要找的最合适的人选。

就这样，太白金星完成了众仙们托付给他的重任。

北宿成龙

聪慧美丽的龙公主爱上了憨厚善良的北宿，可是作恶多端的小孽龙却把这一对相爱的人硬生生拆散。最终，北宿为了拯救心爱的人而不得已永远留在了大海里。不管结果如何，他们对爱情无畏的追求精神依然令人感叹。

国学经典

98

xiāng chuán hěn jiǔ yǐ qián zhōu shān jīn táng dǎo shang yǒu gè míng jiào běi sù de gū ér
相传很久以前，舟山金塘岛上有个名叫北宿的孤儿。

tā wéi rén xīn dì shàn liáng qín láo néng gàn suǒ yǒu de rén dōu hěn xǐ huan tā
他为人心地善良，勤劳能干，所有的人都很喜欢他。

yǒu yì nián běi sù zài bàng hǎi de huāng pō shang zāi le kē yáng méi shù tā měi
有一年，北宿在傍海的荒坡上栽了18棵杨梅树，他每

tiān zǎo wǎn liǎng cì dān shuǐ jiāo guàn xì xīn de bù dé liǎo dào le yáng méi chéng shú de jì
天早晚两次担水浇灌，细心得不得了。到了杨梅成熟的季

jié kē yáng méi shù shang jié mǎn le yáng méi
节，18棵杨梅树上结满了杨梅，

běi sù jiù zài yáng méi lín zhōng dā le yì
北宿就在杨梅林中搭了一

zhāng gāo pù rì yè jīng xīn kān hù zhe
张高铺，日夜精心看护着。

yì tiān yáng miàn shang téng qǐ
一天，洋面上腾起

le yí zhèn kuáng fēng běi sù bù
了一阵狂风，北宿不

miǎn dān xīn qǐ lái gǎn jǐn zhāi
免担心起来，赶紧摘

qǐ yángméi lái dàn què bú jiàn fēngbào xí shàng
起杨梅来，但却不见风暴袭上

àn lái zhèng zài nà mèn hū rán cóngyuǎnchù
岸来。正在纳闷，忽然从远处

pǎo guò lái yí wèi niánqīngpiàoliang de gū niang
跑过来一位年轻漂亮的姑娘，

tā pǎo dàoyángméi shù xià chà diǎn er bèi qīng tái
她跑到杨梅树下差点儿被青苔

huá dǎo běi sù jí mángshàngqián fú zhù
滑倒，北宿急忙上前扶住。

yuán lái zhè gū niang shì dōng hǎi lóngwáng de sāngōngzhǔ yīn wèilóngwáng bī tā yǔ yì tiáo xiǎo
原来这姑娘是东海龙王的三公主，因为龙王逼她与一条小

niè lóngchéng qīn tā bù dā ying cái tōu tōu de liū chū le lónggōng
孽龙成亲，她不答应，才偷偷地溜出了龙宫。

sāngōngzhǔ duì běi sù shuōhěnxiǎng chī tā zāi zhòng de yángméi běi sù jiù kāngkǎi de zhāi le
三公主对北宿说很想吃他栽种的杨梅，北宿就慷慨地摘了

mǎnmǎn yì lán zi de yángméi gěi tā
满满一篮子的杨梅给她。

cǐ kè sāngōngzhǔ jiàn běi sù shànliánghān hòu bù yóu de shí fēn xǐ huan tā jiù zì
此刻，三公主见北宿善良憨厚，不由得十分喜欢。她就自

yuàn liú le xià lái bāngzhù běi sù zhàokànyángméi tiāncháng rì jiǔ běi sù yě jiàn jiàn de xǐ
愿留了下来，帮助北宿照看杨梅。天长日久，北宿也渐渐地喜

huanshàng le zhè ge měi lì cōngmíng de sāngōngzhǔ tā men bǐ cǐ xiāng qīnxiāng ài jiù qiāoqiāo de
欢上了这个美丽聪明的三公主，他们彼此相亲相爱，就悄悄地

dìng xià le hūn yuē
定下了婚约。

kě shì zhè jiàn shì bèi xiǎo niè lóng
可是，这件事被小孽龙

zhī dào le tā dù huǒzhōngshāo bǎ sān
知道了，他妒火中烧，把三

gōngzhǔ sī bēn zhī shì bǐnggào le lóngwáng
公主私奔之事禀告了龙王。

lóngwángtīng le bó rán dà nù zuò zài yì
龙王听了勃然大怒，坐在一

旁的龙母劝他不要将此事张扬开来，并说："女儿擅离龙宫，必然带去宝物白玉圣水瓶，只要差人去把那只宝瓶盗来即可。"龙王就吩咐小孽龙去偷宝瓶。

三公主与北宿成亲那天，小孽龙变作一只野猫，偷走了白玉圣水瓶。三公主只顾招待乡邻，一点儿也没有发觉。等两人要喝合欢酒时，她忽然感到一阵头晕目眩，栽倒在地。过了一会儿，三公主才慢慢地苏醒过来，渐渐地现出了本相。北宿见了，正要招呼，突然风起浪涌，小孽龙带着虾兵蟹将，把三公主带回了大海。

北宿失去了三公主，整天呆坐在杨梅树下，望着大海无声地流泪。一天夜里，北宿忽见月光

xià zǒu lái yí gè nǚ zǐ zǐ xì yí kàn jìng
下走来一个女子，仔细一看，竟

shì sāngōngzhǔ liǎng rén bào tóu tòng kū qǐ lái
是三公主！两人抱头痛哭起来。

sāngōngzhǔxiàng běi sù kū sù shuō   fù
三公主向北宿哭诉说："父

wáng jiāng wǒ dǎ rù lěnggōng jīn tiān yào wǒ jià gěi nà kě wù de xiǎo niè lóng kě wǒ nìng sǐ yě
王将我打入冷宫。今天要我嫁给那可恶的小孽龙，可我宁死也

jué bú jià gěi tā
绝不嫁给他！"

běi sù zháo jí de shuō   zěnyàng cái néngchú diào nà tiáo xiǎo niè lóng ne   sāngōngzhǔ yóu
北宿着急地说："怎样才能除掉那条小孽龙呢？"三公主犹

yù de shuō   nǐ zhǐ yào bǎ wǒ gěi nǐ de bǎo zhū tūn xià jiù xíng le
豫地说："你只要把我给你的宝珠吞下就行了。"

běi sù lì jí tūn xià bǎo zhū shà shí tā gǎn dào húnshēnxiàng zài dà huǒzhōng fén shāo yí
北宿立即吞下宝珠，霎时，他感到浑身像在大火中焚烧一

yàng bù yí huì er tóu shang jiù zhǎngchū le liǎng zhī lóng jiǎo shēnshangzhǎngchū le lín piàn biàn
样，不一会儿，头上就长出了两只龙角，身上长出了鳞片，变

chéng le yì tiáo wēi wǔ de dà chì lóng cuàndàodōng hǎi dà yáng li qù le
成了一条威武的大赤龙，窜到东海大洋里去了。

dāngtiān yè li jīn tángyángmiànshang bō tāo xiōngyǒng zhí dào dì èr tiān lí míngcái píng
当天夜里，金塘洋面上波涛汹涌，直到第二天黎明才平

xī cóng cǐ nà lǐ biàn de fēngpínglàng jìng
息。从此，那里变得风平浪静。

chuánshuō zhè shì yīn wèi běi sù hé sāngōngzhǔ
传说，这是因为北宿和三公主

yì qǐ bǎ zuò è duōduān de xiǎo niè lóngshā sǐ le
一起把作恶多端的小孽龙杀死了。

běi sù chéng le lóng què zài yě huí bú
北宿成了龙，却再也回不

dào rén jiān le cóng cǐ tā jiù hé sāngōngzhǔ
到人间了。从此，他就和三公主

yì qǐ yǒngyuǎn de liú zài le dà hǎi li
一起永远地留在了大海里。

七仙女为儿做月饼

七仙女是神话传说中玉皇大帝的第七个女儿,她心灵手巧,且心地十分善良。关于七仙女,民间有很多美丽的传说,这个故事讲的就是七仙女为自己的孩子做仙饼的事情。它反映了母爱的伟大和美好。

xiāngchuán qī xiān nǚ huí tiāngōng shí　　wèi dǒngyǒng zài fán jiān liú xià le yí gè ér
相 传 七 仙 女 回 天 宫 时 , 为 董 永 在 凡 间 留 下 了 一 个 儿

zi　nóng lì bā yuè shí wǔ zhè tiān　　zhè ge hái zi jiàn tóng cūn de xiǎo huǒ bàn men dōu yǒu
子 。 农 历 八 月 十 五 这 天 , 这 个 孩 子 见 同 村 的 小 伙 伴 们 都 有

mā ma zài shēnbiān　zhǐ yǒu zì jǐ gū kǔ wú yī　yú shì jiù shāng xīn de dà kū qǐ lái
妈 妈 在 身 边 , 只 有 自 己 孤 苦 无 依 , 于 是 就 伤 心 地 大 哭 起 来 。

hái zi bēi qī de kū shēngchuándào le tiānshàng　jīngdòng le tiānshén wú gāng　　shàn
孩 子 悲 戚 的 哭 声 传 到 了 天 上 , 惊 动 了 天 神 吴 刚 。 善

liáng de tā jué xīn xià fán ān wèi yí xià nà kě lián de hái zi
良 的 他 决 心 下 凡 安 慰 一 下 那 可 怜 的 孩 子 。

wú gāngbànchéng yí gè cūn fū　cóngtiānshàng xià lái　zǒu dào nà ge hái zi miànqián
吴 刚 扮 成 一 个 村 夫 , 从 天 上 下 来 , 走 到 那 个 孩 子 面 前 ,

hé yán yuè sè de hǒng tā　 kě shì　wú lùn wú gāngzěnyànghǒng　nà hái zi hái shi kū de
和 颜 悦 色 地 哄 他 。 可 是 , 无 论 吴 刚 怎 样 哄 , 那 孩 子 还 是 哭 得

sǐ qù huó lái de yàozhǎo mā ma
死 去 活 来 地 要 找 妈 妈 。

wú gāng zhǐ hǎo ná chū yì shuāngdēngyún xié　　duì kū de liǎngyǎn tōnghóng de hái zi
吴 刚 只 好 拿 出 一 双 登 云 鞋 , 对 哭 得 两 眼 通 红 的 孩 子

shuō　　hái zi　bié kū　shū shu gào su nǐ yí gè kě yǐ jiàn dào mā ma de bàn fǎ　zài
说 : " 孩 子 , 别 哭 , 叔 叔 告 诉 你 一 个 可 以 见 到 妈 妈 的 办 法 , 在

yuányuè xià chuānshàng zhè shuāngdēngyún xié　nǐ
圆月下穿上这双登云鞋，你

jiù kě yǐ jiàn dào mā ma le
就可以见到妈妈了。”

hái zi yì tīng zhè huà　gāo xìngwàn fēn
孩子一听这话，高兴万分，

tā hěn kuài jiù xún dào le tiāngōngzhōng zhè shí　mǔ zǐ xiāngjiàn　dōu gāo xìng de kū le chū lái
他很快就寻到了天宫中。这时，母子相见，都高兴得哭了出来。

qī xiān nǚ bǎ cháng é sòng lái de guì huā mì táng bànshànghuāshēngguǒ　hé tao rén　zuòchéngxiàn
七仙女把嫦娥送来的桂花蜜糖拌上花生果、核桃仁，做成馅

er　àn yuányuè de yàng zi　zuòchéng le tián mì mì　xiāngpēn pēn de xiānbǐng　ràng ér zi tòngtòng
儿，按圆月的样子，做成了甜蜜蜜、香喷喷的仙饼，让儿子痛痛

kuàikuài de chī ge gòu
快快地吃个够。

xiǎo hái sī lái tiān tíng de shì chuándào le yù huáng dà dì de ěr duo li　tā bào tiào rú
小孩私来天庭的事传到了玉皇大帝的耳朵里，他暴跳如

léi　bǎ wú gāng fá dào yuègōng li　qù kǎn guì shù　ràng tā yǒngshì bù néng lí kāi bàn bù　rán hòu
雷，把吴刚罚到月宫里去砍桂树，让他永世不能离开半步；然后

yòumìnglìng tiān bīng tuō xià nà hái zi de dēngyún xié　bǎ tā qiǎn huí rén jiān
又命令天兵脱下那孩子的登云鞋，把他遣回人间。

zhè hái zi rú tóngzuò le　yì chángmèng　duì tiāngōngzhōng fā shēng de yí qiè dōu shì mó mo
这孩子如同做了一场梦，对天宫中发生的一切都是模模

hú hu de　dàn tā mā ma zuò de xiānbǐng　què gěi
糊糊的，但他妈妈做的仙饼，却给

tā liú xià le nánwàng de yìn xiàng　hòu
他留下了难忘的印象。后

lái zhè hái zi zhǎng dà zuò le guān biàn
来这孩子长大做了官，便

ràng bǎi xìngmenzuò nà zhǒngyuánxíng
让百姓们做那种圆形

de bǐng zi　zhè jiù shì hòu lái
的饼子，这就是后来

rén jiān de yuè bing
人间的月饼。

五丁力士

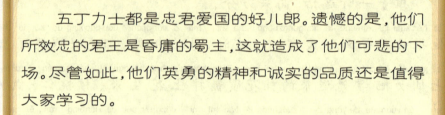

　　五丁力士都是忠君爱国的好儿郎。遗憾的是，他们所效忠的君王是昏庸的蜀主，这就造成了他们可悲的下场。尽管如此，他们英勇的精神和诚实的品质还是值得大家学习的。

　　gǔ dài shǔ jùn yǒu yí hù pín kǔ rén jiā　tā menshēng le wǔ gè nán hái　wǔ gè
古代蜀郡有一户贫苦人家，他们生了五个男孩。五个

nán hái zhǎng dà hòu　gè gè dōu shì lì dà wú qióng de zhuàng shì　shǔ zhǔ bǎ tā menzhào
男孩长大后，个个都是力大无穷的壮士。蜀主把他们召

dào wáng gōng lái gàn huó　yóu yú shéi yě bù zhī dào tā men de xìngmíng　zhǐ yīn tā men lì
到王宫来干活。由于谁也不知道他们的姓名，只因他们力

dà wú bǐ　rén menbiànchēng tā men wéi　wǔ dīng lì shì
大无比，人们便称他们为"五丁力士"。

　　nà shí hou běi fāngqiáng dà de qín guó　zhèng zhí qín huì wáng zài wèi　jiǎo zhà ér yòu
那时候北方强大的秦国，正值秦惠王在位。狡诈而又

yě xīn bó bó de qín huì wángxiǎng tūn bìng shǔ jùn　yīn cǐ tā jiù děi xiān chú diào shǔ zhǔshēn
野心勃勃的秦惠王想吞并蜀郡，因此他就得先除掉蜀主身

pángzhōng xīn gěnggěng de　wǔ dīng lì shì
旁忠心耿耿的五丁力士。

　　yǒu yí cì　qín huì wáng fèi jìn xīn jī xiǎngchū le yì tiáo jì cè　tā zhī dào shǔ
有一次，秦惠王费尽心机想出了一条计策。他知道蜀

zhǔ hào sè　jiù zhǔn bèi yòngměi nǚ qù mí huò shǔ zhǔ　zài shè fǎ chú qù wǔ dīng lì shì
主好色，就准备用美女去迷惑蜀主，再设法除去五丁力士。

yú shì qín huì wáng pài qiǎn shǐ chén qù xiàngshǔ zhǔshuō　qín guó yǒu wǔ míngtiān zī guó sè
于是秦惠王派遣使臣去向蜀主说："秦国有五名天姿国色

的美女，愿意奉献给蜀主。"

蜀主一听有美女送来，马上派五丁力士去迎接秦国使者。在他们返回蜀国的途中，走到樟潼附近的山中时，大家看见一条大蛇正向一个山洞钻去。一个力士赶紧跑向前去，抓住蛇的尾巴，把蛇向外拖。他想把它弄出来杀死，以免人们受害。由于蛇的力量太大，一个人拖不动，于是兄弟五个都上前去拖。

他们使出浑身力气，终于把大蛇从山洞里一点一点拖出来。兄弟们正拖得高兴，哪知"轰隆"一声巨响，一座大山分为五座山岭，刹那间把怪蛇和五个为民除害的壮士都压死了。

五丁力士牺牲了，秦惠王的阴谋得逞，秦国的大军浩浩荡荡地开进蜀郡，他们杀死了蜀主，并且吞并了蜀郡。

昙花的故事

美丽的昙花仙子为了搭救因为自己而险些丢掉性命的小伙子，甘愿变成一株平凡的花朵永留人间。她这种勇于承担责任的精神和敢作敢为的勇气值得我们学习。

xiāng chuán hěn zǎo yǐ qián   wáng mǔ niáng niang shēn biān yǒu gè fēi cháng měi lì de shì nǚ
相传很早以前，王母娘娘身边有个非常美丽的侍女，

míng jiào tán huā   tā de liǎn er bǐ nà mǔ dan hái jiāo yàn
名叫昙花，她的脸儿比那牡丹还娇艳。

zhè yì tiān   wáng mǔ niáng niang ràng tán huā cǎi zhāi xiān huā   zhuāng diǎn tiān gōng   tán huā
这一天，王母娘娘让昙花采摘鲜花，装点天宫。昙花

fèng mìng gāo xìng de pǎo chū le gōng mén   lái dào huā yuán   mǔ dan yí jiàn dào tā nà měi lì
奉命高兴地跑出了宫门，来到花园。牡丹一见到她那美丽

de róng yán   xiū de dī xià le tóu   dà bàn tiān guò qù le   tā dōu méi yǒu cǎi dào yì duǒ
的容颜，羞得低下了头。大半天过去了，她都没有采到一朵

xiān huā   tán huā yòu jí yòu pà   wèi le zhǎo xiān huā   tā bù zhī bù jué de lái dào le rén jiān
鲜花。昙花又急又怕，为了找鲜花，她不知不觉地来到了人间。

tán huā luò dào le yí gè dà huā yuán li   zhèng yào cǎi zhāi xiān huā   zhè shí   yí gè
昙花落到了一个大花园里，正要采摘鲜花，这时，一个

nián qīng de xiǎo huǒ zi tiāo zhe qīng shuǐ zǒu guò lái   tā wèn tán huā wèi shén me yào cǎi huā   rán
年轻的小伙子挑着清水走过来，他问昙花为什么要采花，然

ér tán huā què hài xiū de shuō bù chū huà lái   xiǎo huǒ zi bú zài shuō huà   lì jí cǎi le
而昙花却害羞地说不出话来。小伙子不再说话，立即采了

yí shù xiān huā sòng gěi tā   cǐ kè   wáng mǔ niáng niang fā xiàn tán huā sī zì xià fán   hái
一束鲜花送给她。此刻，王母娘娘发现昙花私自下凡，还

与凡人有说有笑，她生气极了，

就立刻命令天将捉拿昙花，杀

掉小伙子。

昙花连忙跪下向王母求情，恳求王母娘娘放过年轻人，还

表示愿意永远留在人间。王母娘娘用手一指，昙花立即变成

了一棵奇怪的花株。

小伙子见美丽的昙花为了救自己，被王母娘娘变成了花

株，心里非常感激，他每天用泪水浇灌它，用心血栽培它，盼着

它早日开花。夜深了，小伙子忽然发现那花株开放了。那花儿

洁白无比，清香异常。小伙子很高兴，正要对花儿说些什么，哪

知那花儿一瞬间已经开始凋谢了。

因为这花是昙花变的，

所以叫作"昙花"，又因为昙

花是王母娘娘身

边的侍女，所以又

叫作"仙女花"。

三姑娘 二姑娘

　　阴险狡诈的二姑娘杀害了自己的妹妹，她以为凭着美丽的长相就可以取代三姑娘。但是，她不知道：在这个世界上，善良纯真的心灵是任何东西都代替不了的。"自作孽，不可活"，坏事做绝的人自然会得到应有的惩罚。

hěn jiǔ yǐ qián yǒu gè yù gù zú lǎo liè rén dài zhe sān gè nǚ ér guò rì zi
很久以前，有个裕固族老猎人，带着三个女儿过日子。

sān jiě mèi zhǎng de yì mú yí yàng dōu hěn měi lì
三姐妹长得一模一样，都很美丽。

yì tiān lǎo rén shàng shān kǎn chái yù dào le yì tiáo bái shé zhè tiáo bái shé qǐng qiú
一天，老人上山砍柴，遇到了一条白蛇，这条白蛇请求

lǎo rén bǎ nǚ ér jià gěi tā bìng shuō huì gěi tā men dài lái cái fù lǎo rén huí jiā hòu
老人把女儿嫁给它，并说会给他们带来财富。老人回家后

jiāng bái shé de huà yì shuō zhǐ yǒu sān nǚ ér yuàn yì jià gěi tā
将白蛇的话一说，只有三女儿愿意嫁给它。

hòu lái yí wèi lǎo pó po
后来，一位老婆婆

gào su sān gū niang bái shé yuán shì
告诉三姑娘，白蛇原是

tiān shàng de shén xiān yīn wèi chù fàn
天上的神仙，因为触犯

le tiān dì cái bèi biǎn wéi shé lèi
了天帝，才被贬为蛇类

dǎ xià fán jiān de yú shì sān
打下凡间的。于是，三

gū niang ān xīn de zuò le bái
姑娘安心地做了白

shéwáng zǐ de qī zi
蛇王子的妻子。

guò le xiē shí hou bái
过了些时候，白

shéshēnshang de mó lì jiě chú
蛇身上的魔力解除

le biànchéng le yí gè yīng jùn
了，变成了一个英俊

de xiǎo huǒ zi
的小伙子。

yì tiān èr jiě lái dào sān gū niang jiā zuò kè tā kàn dào mèi mei de jiā zhè me piàoliang
一天，二姐来到三姑娘家做客，她看到妹妹的家这么漂亮，

jiù fēi cháng jí dù hòu lái tā chènmèi mei zài xiǎo hé biān shū xǐ de shí hou bǎ tā tuī dào
就非常嫉妒。后来，她趁妹妹在小河边梳洗的时候，把她推到

hé zhōng zhè shí zhènghǎo bái shéwáng zǐ huí lái le wù jiāng èr gū niangdàngchéng le qī zi
河中。这时，正好白蛇王子回来了，误将二姑娘当成了妻子，

bǎ tā dài huí le jiā
把她带回了家。

kě shì bái shéwáng zǐ jiàn jiàn de fā xiàn dài huí jiā de qī zi hé yǐ qián yì diǎn er yě
可是，白蛇王子渐渐地发现带回家的妻子和以前一点儿也

bù yí yàng yǐ qián de sān gū niang qín kuai shàn liáng xiàn zài de qī zi què lǎn duò xié è
不一样。以前的三姑娘勤快、善良，现在的妻子却懒惰、邪恶，

tā bù yóu de qǐ le yí xīn rán ér bù guǎn tā zěnyàngxún wèn zhè ge jiǎ qī zi tā jiù shì
他不由得起了疑心。然而不管他怎样询问这个假妻子，她就是

bù kěnjiǎngchū shí huà
不肯讲出实话。

zhè tiān diào jìn hé li de sān gū niang hū rán huí jiā le yuán lái tā shì bèi hǎo xīn rén gěi
这天，掉进河里的三姑娘忽然回家了，原来她是被好心人给

jiù le èr gū niang yí jiàn shì qing bài lù jí máng táo jìn le shù lín li hòu lái tā jiù
救了。二姑娘一见事情败露，急忙逃进了树林里。后来，她就

biànchéng le yì tiáo rén rén tǎo yàn de huā dú shé
变成了一条人人讨厌的花毒蛇。

聚宝盆

　　聚宝盆的故事当然只是一个传说，但不管这世界上有没有聚宝盆，只要我们拥有善良、勤劳和智慧这些优秀的品质，那么，无形的聚宝盆就永远在我们手中，因为这些品质，就是我们最大的财富。

110

　　míngcháochū nián　　yǒu gè jiàoshěnwànshān de rén　　tā yuán lái jiā jìng pín hán　què zài
　　明朝初年，有个叫沈万山的人，他原来家境贫寒，却在

yí yè zhī jiān biànchéng le　yí gè dà fù wēng　　shuō qǐ lái zhè hái yǒu gè gù shi ne
一夜之间变成了一个大富翁。说起来这还有个故事呢。

　　nà shì yí gè níng jìng de yè wǎn　　shěnwànshānmáng le　yì tiān　　tǎng zài chuángshang
　　那是一个宁静的夜晚，沈万山忙了一天，躺在床上

hěn kuài jiù jìn rù le mèngxiāng　　tā mèngjiàn yǒu　　　duō gè chuānzhe qīng sè yī fu de rén
很快就进入了梦乡。他梦见有100多个穿着青色衣服的人

yōngdào tā de miànqián　kǔ kǔ āi qiú tā　　dà ren　nín xíng xing hǎo ba　　yǒu rén yào shā
拥到他的面前，苦苦哀求他："大人，您行行好吧！有人要杀

wǒ men　zhǐ yǒu nín cái néng jiù wǒ men　　shěnwànshān xīn li　yì zháo jí　　jiù xǐng le　zhēng
我们，只有您才能救我们。"沈万山心里一着急，就醒了，睁

yǎn yí kàn　　cái zhī dào shì zuò de　yì chángmèng
眼一看，才知道是做的一场梦。

　　dì　èr tiān zǎochen　　shěnwànshānchū mén yù jiàn le běn cūn de　yú wēngzhào lǎo tóu
　　第二天早晨，沈万山出门遇见了本村的渔翁赵老头，

zhào lǎo tóu gāo xìng de gào su shěnwànshānshuō zì　jǐ zhuō le　　duō zhī qīng wā　zhǔn bèi
赵老头高兴地告诉沈万山说自己捉了100多只青蛙，准备

huí jiā xià jiǔ chī
回家下酒吃。

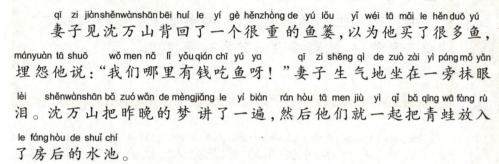

沈万山忽然想起了昨夜梦里的那群青衣人，他想一定是青蛙托梦给他向他求救。于是，他买走了赵老头全部的青蛙。

妻子见沈万山背回了一个很重的鱼篓，以为他买了很多鱼，埋怨他说："我们哪里有钱吃鱼呀！"妻子生气地坐在一旁抹眼泪。沈万山把昨晚的梦讲了一遍，然后他们就一起把青蛙放入了房后的水池。

到了夜里，青蛙们叫声不断，吵得沈万山夫妻睡不着。夫妻俩来到房后一看，只见一群青蛙正在池边围着一只瓦盆叫。妻子上前想仔细辨认一番，一不小心，头上的银钗掉到了瓦盆里，紧接着，两个人同时惊叫起来，原来，掉下去的一支银钗变成了满盆的银钗。

他们立刻明白了，这只瓦盆是青蛙报答他们的聚宝盆。

从此，沈万山摆脱了贫困的家境，成了世上少有的大财主。

秋翁遇神仙

　　爱花如痴的秋翁把全部的心血和精力都放在了满园的花草上，正是由于他的勤劳付出，才有硕果满园的回报。在人生的道路上，我们做事情也应该专心致志，心无旁骛，相信最终也一定会有所成就。

　　cóngqián　yǒu gè míngjiào qiūwēng de zhònghuā lǎo rén　tā zì yòu kù ài zhòng zhí huā
　　从前，有个名叫秋翁的种花老人。他自幼酷爱种植花

cǎo　duì suǒzhònghuā cǎo dōuténg ài yǒu jiā
草，对所种花草都疼爱有加。

　　píngjiāngchéng li yǒu gè è shào míngjiàozhāngwěi　yì tiān　tā dài zhe sì wǔ gè
　　平江城里有个恶少，名叫张委。一天，他带着四五个

jiā dīngchuǎng jìn le qiūwēng de huāyuán　zhāngwěi dà shēngshuō　qiū lǎo tóu　bǎ nǐ de
家丁闯进了秋翁的花园。张委大声说："秋老头，把你的

yuán zi màigěi wǒ　kě hǎo　qiūwēng bù tóng yì　zhāngwěibiàn pò kǒu dà mà　jǐ gè
园子卖给我，可好？"秋翁不同意。张委便破口大骂，几个

è shào wú lài háichōng jìn huācóng　jiàn huā jiù zhé　xǔ duō hǎoduānduān de huā er dōu bèi
恶少无赖还冲进花丛，见花就折，许多好端端的花儿都被

tā men cuī cán de bù chéngyàng zi　qiūwēngchōngshàng qù yǔ tā men pīn mìng　zhèbāng wú
他们摧残得不成样子。秋翁冲上去与他们拼命，这帮无

lài bǎ qiūwēng dǎ dǎo zài dì　tà zhe mǎn dì de cán huāyángcháng ér qù
赖把秋翁打倒在地，踏着满地的残花扬长而去。

　　qiū wēng qì de háo táo dà kū　zhè shí hū tīng bèi hòu yǒu rén shuōhuà　qiū wēng huí tóu
　　秋翁气得号啕大哭，这时忽听背后有人说话，秋翁回头

yí kàn　yuán lái shì yí gè niánqīngměi mào de nǔ zǐ　zhè nǔ zǐ shuō　bié shāng xīn
一看，原来是一个年轻美貌的女子。这女子说："别伤心

了！我可以让你的花园恢复原样，你快去取一碗清水来。"秋翁急忙从屋里取来一碗清水，出来的时候，那女子却不见了，只见满地的落花都回到了枝头。

人们都说是神仙下凡保护了秋翁。这件事传到了张委的耳朵里，他又气又恨，派家丁到官府告状 说秋翁是个妖人，秋翁被抓了起来。

这天，张委又带着手下闯进秋翁的花园里。忽然，一阵大风吹过，花枝变成了一个个一尺来长的女子，她们挥舞着长袖扑打过来，张委他们吓得满院疯跑，大哭大叫。风停后，人们发现张委栽进粪窖里淹死了。官府老爷听说后，吓得忙把秋翁放了。

这年的八月中秋，秋翁和他的花园一起升上了天空。据说，秋翁上天做了护花使者,也成了神仙。

巨灵掰山

传说巨灵神是托塔天王帐下的一员战将，使用的兵器是件宣花板斧。每当他舞动起沉重的宣花板斧，就像凤凰穿花，灵巧无比。在这个故事中，巨灵神为天下苍生掰山导水，立下了汗马功劳。

传说很久以前，西岳华山和山西境内的首阳山本是连在一起的，可是后来又是什么原因使它们分开的呢？

原来，有一年在王母娘娘的蟠桃宴会上，群仙欢聚一堂，开怀畅饮。老寿星因孙大圣的一句玩笑话，笑得前仰后合，握酒杯的手无意抖了一下，倾倒了半盏琼浆，制造了人间的一场洪灾。一条大河自西向东奔腾而来，河水一路横冲直撞，摧毁了庄稼，淹没了房舍，冲散了人群。由于华山与首阳山的阻拦，河水不能直泻东海，于是华山脚下顿时成了一片汪洋大海。

玉帝看到这一情形，就急命力大无穷的巨灵神下凡治水。

jù líng shén hǔ bèi xióng yāo　　kàn qǐ lái
巨灵神虎背熊腰，看起来

bèn zhuō　　xíng dòng què hěn líng huó　　zì lǐng le
笨拙，行动却很灵活。自领了

yù dì de shèng zhǐ hòu　　tā lì jí tà shàng huà
玉帝的圣旨后,他立即踏上华

shān fēng tóu chá kàn dì xíng　　xī wàng néng wèi hóng shuǐ zhǎo dào yì tiáo hé shì de chū lù
山峰头察看地形，希望能为洪水找到一条合适的出路。

jīng guò zǐ xì guān chá　　jù líng shén fā xiàn zài shǒu yáng shān hé huà shān zhī jiān yǒu yì tiáo xiá
经过仔细观察，巨灵神发现在首阳山和华山之间有一条狭

zhǎi de yù dào　　tā jué dìng lì yòng zhè tiáo yù dào bǎ hóng shuǐ yǐn chū qù　　yú shì jù líng shén zǒu
窄的峪道，他决定利用这条峪道把洪水引出去。于是巨灵神走

jìn yù dào　　shuāng shǒu tuō zhe huà shān de shí bì　　yòu jiǎo dēng zhe shǒu yáng shān de shān gēn　　shǐ jìn
进峪道，双手托着华山的石壁，右脚蹬着首阳山的山根，使尽

quán shēn lì qì　　yì shān duàn liè wéi liǎng shān　　qǐng kè jiān bǎi zhàng gāo de huáng làng cóng liǎng shān zhī
全身力气，一山断裂为两山，顷刻间百丈高的黄浪从两山之

jiān bēn téng dōng liú　　jù líng shén zhàn zài bō tāo zhī zhōng　　tái tóu kàn huà shān　　yǐ bèi tuī jìn qín
间奔腾东流。巨灵神站在波涛之中，抬头看华山，已被推进秦

líng shēn chù　　huí tóu wàng shǒu yáng shān　　yǐ jīng cáng zài bō tāo zhī běi　　kàn zhe bèi yān mò de tián
岭深处；回头望首阳山，已经藏在波涛之北。看着被淹没的田

dì yòu chóng xīn lù chū shuǐ miàn　　tā xīn wèi de xiào le
地又重新露出水面,他欣慰地笑了。

zì nà yǐ hòu　　cóng huà shān běi fēng　　cāng lóng
自那以后，从华山北峰、苍龙

líng yí dài xiàng dōng tiào wàng huà shān　　jiù kě yǐ qīng
岭一带向东眺望华山，就可以清

xī de kàn dào yí chù zhù míng de jǐng guān　　xiān rén
晰地看到一处著名的景观："仙人

yǎng wò　　jù shuō nà biàn shì kāi shān dǎo hé gōng chéng
仰卧"，据说那便是开山导河功成

hòu　　yǎng wò rù shuì huà wéi shān fēng de jù líng shén
后、仰卧入睡化为山峰的巨灵神。

黄雀衔环

在这个故事中,杨宝善良的心地以及对小动物的关爱之情都是我们应该学习的。杨宝的一念之仁,换来了后代的几世安稳。所以说,善意就像一注清泉,可以源源不断地流传下去,永不枯竭。

cóngqián yǒu yí gè míngjiào yángbǎo de shàonián tā zì yòu xìngqíng wēn hé xīn dì
从前,有一个名叫杨宝的少年。他自幼性情温和,心地

shànliáng
善良。

yì tiān yángbǎo dào shānshang kǎn chái kàn jiàn yì zhī huángquè bèi lǎo yīng zhuó shāng zhuì
一天,杨宝到山上砍柴,看见一只黄雀被老鹰啄伤坠

luò zài jīng jí zhōng bèi jīng jí cì de biàn tǐ shānghén yángbǎo zǒu guò qù qīngqīng de shí
落在荆棘中,被荆棘刺得遍体伤痕。杨宝走过去轻轻地拾

qǐ huángquè rán hòu yòng yī jīn bǎ tā bāo guǒ qǐ lái dài huí jiā zhōngjīng xīn de wèiyǎng
起黄雀,然后用衣襟把它包裹起来带回家中精心地喂养。

sān gè yuè guò qù le huángquè de shāngjiàn jiàn hǎo le tā de yǔ máo yě kāi shǐ
三个月过去了,黄雀的伤渐渐好了,它的羽毛也开始

fēngmǎn qǐ lái měi tiān dāng yángbǎo kǎn chái huí lái de shí hou huángquè dōu huì fēi dào wū
丰满起来。每天当杨宝砍柴回来的时候,黄雀都会飞到屋

qián gāo gāo de shù zhī shang huānkuài de míngchàng zhe huānyíng yángbǎo huí jiā
前高高的树枝上,欢快地鸣唱着,欢迎杨宝回家。

yángbǎo zhú jiàn xí guàn le yǒu huángquè de rì zi dàn tā pà huángquè gēn zì jǐ zài
杨宝逐渐习惯了有黄雀的日子,但他怕黄雀跟自己在

yì qǐ dài jiǔ le huì jì mò yú shì tā dǎ suàn ràng huángquè fēi huí zì jǐ de jiā yì
一起待久了会寂寞,于是他打算让黄雀飞回自己的家。一

天清晨，杨宝带着黄雀来到当初他拾到它的地方放飞。黄雀围着杨宝的头顶盘旋了三圈，恋恋不舍地飞走了。

有天深夜，杨宝正在灯下读书，忽然有一个黄衣童子来到他面前，连连叩拜，他对杨宝说："我是西王母的使者，三个月前奉命出使蓬莱，途中与老鹰搏斗不幸受伤，多亏您相救。救命之恩，无以回报，唯赠玉环四枚，它可保佑您的子孙位列三公。"说完，黄衣童子就不见了。

杨宝以为自己在做梦，可天亮以后，四枚玉环果然放在桌上。以后的事情也如黄衣童子所言，杨宝的儿子杨震、孙子杨秉、曾孙杨赐、玄孙杨彪四代官职都做到了太尉，而且都刚正不阿，为政清廉，在中国古代的清官史上写下了不朽的一页。

毛女仙姑与秦宫役夫

秦始皇，首位完成中国统一大业的秦王朝的开国皇帝。他统一文字、货币、度量衡等，促进了各地区各民族之间的经济文化交流。但他同时也是一个残暴的皇帝，焚书坑儒，滥用酷刑，广建宫殿陵墓，使不少百姓生活在水深火热之中。

118

秦始皇称帝以后，专横骄奢，残暴无道。一次，他要挑选500对童男童女和一批太监宫娥为自己殉葬。这个消息一传出，阿房宫里人人惶恐不安。

这中间有个叫毛女仙姑的人，她本名叫玉姜，是秦始皇吞并六国时从楚国掳来的少女。由于她容貌秀丽，琴技精湛，也在殉葬的行列。阿房宫中有个叫张夫的役夫，当他听到秦始皇要选宫娥彩女陪葬的消息后，非常同情像玉姜这样正值青春的美貌女子。

这天傍晚，张夫趁进宫的机会，在夜色的掩护下，将玉姜和另外六位宫女一起悄悄带出宫去。

为了逃避追捕，他们在一个三岔路口弃了车马，各自逃散。

走到渭南时，其他六名宫女无力前行，她们一起躲进了南塬侧的一个破窑洞，直到死去，后来那儿突然涌出了一股泉水，人们称之为"六姑泉"。

而玉姜为感谢张夫的救命之恩，自愿与其结伴，在逃奔路上相互照顾。就这样躲躲闪闪，一直行了半个月，他们才脱离危险，逃进华山。

为了安全，他们一直在华山隐居。冬去春又来，山中不知年。日子就这样一天天地过去，两人习惯了山中野人般的生活，渐渐地遍身长满绿毛，颜面像黑炭一样。

猎人与樵夫常常在山中遇见他们，还以为他们是神仙呢！

泰山奶奶斗龙王

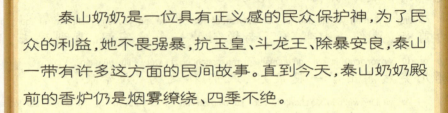

泰山奶奶是一位具有正义感的民众保护神，为了民众的利益，她不畏强暴，抗玉皇、斗龙王、除暴安良，泰山一带有许多这方面的民间故事。直到今天，泰山奶奶殿前的香炉仍是烟雾缭绕、四季不绝。

很早以前，泰山奶奶住在徂徕山的太平顶上，在那里资助贫民，深受老百姓的拥戴。那时候，泰山周围是一片大海，海中有许多岛屿。后来东海龙王到泰山住了下来，那里就经常刮大风、下大雨。受了几次灾后，有人就到徂徕山向泰山奶奶诉苦。

泰山奶奶到泰山找龙王理论。老龙王硬说泰山是他的地盘，两人为这事争吵不下，就一起找西天佛爷评理。西天佛爷让两人拿出自己占据泰山的证据，东海龙王说他埋了一只龙角在泰山最顶峰，而泰山奶奶说她埋了一只绣花鞋。他们回到泰山上，西天佛爷一扒，龙角在上，绣花鞋在下，于是判定泰山是泰山奶奶的地盘。

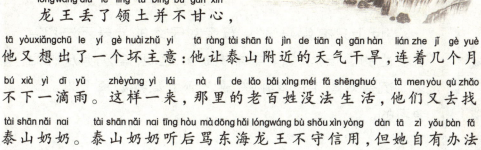

龙王丢了领土并不甘心，他又想出了一个坏主意：他让泰山附近的天气干旱，连着几个月不下一滴雨。这样一来，那里的老百姓没法生活，他们又去找泰山奶奶。泰山奶奶听后骂东海龙王不守信用，但她自有办法应付龙王。

泰山奶奶来到了东海边，一箭把龙宫的门射穿了一个洞。海水不停地往龙宫里涌，东海龙王怎么也堵不住，只得上泰山求饶。泰山奶奶这才把头发剪下一半给东海龙王，并警告他说："用这些头发就能堵住那个洞，但是，你若不让这一带下雨，我的头发就会化成灰烬，到那时你再后悔可就来不及了。"东海龙王急忙拿着头发回东海去了。

从那以后，泰山一带年年风调雨顺，五谷丰登。为了铭记泰山奶奶的恩德，人们就一直烧纸钱纪念她，直到今天。

沉香救母

国学经典

122

　　"世上只有妈妈好"，母亲对子女的爱是无法用言语表达的。但同时，"羊羔有跪乳之恩，乌鸦有反哺之义"，沉香对母亲的孝顺关爱之情也是我们每个人应该学习的。

huà shān xī fēng yǒu yí kuài jù shí lán yāo duàn wéi sān jié   shí xià kōng jiān wǎn rú yí
华山西峰有一块巨石，拦腰断为三截，石下空间宛如一

wèi fù rén yǎng wò shí de yìn hén   xíng xiàng shēng dòng zhè jiù shì fǔ pī shí   zhè lǐ liú
位妇人仰卧时的印痕，形象生动，这就是斧劈石。这里流

chuán zhe yí gè chén xiāng pī shān jiù mǔ de gù shi
传着一个沉香劈山救母的故事。

sān shèng mǔ yīn zài fán jiān sī zì yǔ
三圣母因在凡间私自与

liú yàn chāng dì jié yīn yuán   yù dì nǎo xiū
刘彦昌缔结姻缘，玉帝恼羞

chéng nù   pài yáng jiǎn shī fǎ lì bǎ tā yā
成怒，派杨戬施法力把她压

zài huà shān xī fēng de shí tou xià   hòu lái
在华山西峰的石头下。后来，

sān shèng mǔ jiù zài shí tou xià shēng le yí
三圣母就在石头下生了一

gè ér zi qǐ míng chén xiāng   tā yòng xuè
个儿子，起名沉香，她用血

shū bāo guǒ yīng ér   ràng yā huán líng zhī sòng
书包裹婴儿，让丫鬟灵芝送

gěi hái zi de fù qīn
给孩子的父亲。

　　chénxiāngzhǎng dà chéng rén　　zhī dào le
　　沉香长大成人，知道了
zì jǐ de shēn shì　bēi tòngwàn fēn　tā xià dìng
自己的身世，悲痛万分，他下定
jué xīn　yí dìngyào qù huàshān jiù chū mǔ qīn
决心，一定要去华山救出母亲。
líng zhī bù xī huǐ huài zì jǐ qiānnián de dàoheng
灵芝不惜毁坏自己千年的道行，
huàshēnwéi shí　bāngchénxiāngliàn chū le yì shēn
化身为石，帮沉香练出了一身
nénggòuzhànshèngyángjiǎn de wǔ yì　bìngcóngtiān
能够战胜杨戬的武艺，并从天

gōngdào chū le kě yǐ kāishān pī shí de shén fǔ
宫盗出了可以开山劈石的神斧。

　　chénxiāng bèi zheshén fǔ lái dào huàshān　kàn jiàn mǎnshān jù shí lín lì　tā cóng běi fēng hǎn
　　沉香背着神斧来到华山，看见满山巨石林立，他从北峰喊
dào nán fēng　yòucóngnán fēng hǎn dàodōng fēng zhōng yú zhǎodào le mǔ qīn suǒ zài de dì fang　tā zài
到南峰，又从南峰喊到东峰，终于找到了母亲所在的地方。他在
shānshén de zhǐ diǎn xià　jǔ qǐ shén fǔ jiù cháo xī fēngdǐngduān pī xià qù　zhǐ tīng yì shēng jù xiǎng
山神的指点下，举起神斧就朝西峰顶端劈下去。只听一声巨响，
xī fēng jù shí bèi lán yāoduànwéi sān jié　sānshèngmǔ cóngzhōngzǒu le chū lái　mǔ zǐ xiāng rèn
西峰巨石被拦腰断为三截。三圣母从中走了出来，母子相认，
bào tóu tòng kū
抱头痛哭。

　　rú jīn　chénxiāngtòng kū hū huàn mǔ qīn de shānfēng　bèi chēngwéi xiào zǐ fēng　liú yànchāng
　　如今，沉香痛哭呼唤母亲的山峰，被称为孝子峰；刘彦昌
yǐn jū de dì fang jiào liú xǐ tái　huàshān yù dào li yě yǒu yā huánlíng zhī suǒ huà de líng zhī shí
隐居的地方叫刘玺台；华山峪道里也有丫鬟灵芝所化的灵芝石。
xī fēng fǔ pī shípáng　huàshānshén fǔ wēi rán chù lì　fǔ bà shanghái tí zhe yì shǒu shī　huà
西峰斧劈石旁，华山神斧巍然矗立，斧把上还题着一首诗："华
shānshén fǔ　qī chǐ yǒu wǔ　cì yǔ chénxiāng　pī shān jiù mǔ
山神斧，七尺有五。赐予沉香，劈山救母。"

虎跑泉

大虎和二虎是人人称赞的好男儿，因为他们为百姓做了一件功德千秋的好事。他们不顾自己的安危，历经千辛万苦为百姓带来了清泉。这样为民谋福利的人，是我们应该永远铭记的。

zài jǐ bǎi nián yǐ qián yuán lái fēng tiáo yǔ shùn de háng zhōu mànmàn biàn de gān hàn shǎo
在几百年以前，原来风调雨顺的杭州，慢慢变得干旱少

yǔ zuì hòu shèn zhì dī yǔ bú xià zhè shí rén men fēn fēn qiān xǐ tā xiāng ér dìng huì
雨，最后甚至滴雨不下。这时，人们纷纷迁徙他乡，而定慧

sì lǐ yě zhǐ shèng xià yí gè lǎo hé shang zài kān mén
寺里也只剩下一个老和尚在看门。

yì tiān lǎo hé shang duì yì rén jiā zhōng de liǎng xiōng dì dà hǔ èr hǔ shuō rú
一天，老和尚对一人家中的两兄弟大虎、二虎说："如

guǒ nǐ men bú pà xīn kǔ dào nán yuè héng shān qù yí tàng bǎ tóng zǐ quán de shuǐ qǔ huí lái
果你们不怕辛苦到南岳衡山去一趟，把童子泉的水取回来，

zhè lǐ de xiāng qīn jiù dōu yǒu jiù le
这里的乡亲就都有救了。"

dà hǔ èr hǔ èr huà méi shuō lì
大虎、二虎二话没说，立

jí qǐ shēn chū fā le lì jīng qiān xīn wàn
即起身出发了。历经千辛万

kǔ tā men zhōng yú lái dào le héng shān de
苦，他们终于来到了衡山的

tóng zǐ quán biān hái yù dào le shān quán li de
童子泉边，还遇到了山泉里的

xiǎo xiāntóng　　wèi le bān huí shānquán　zài xiān
小仙童。为了搬回山泉，在仙

tóng de zhǐ diǎn xià　xiōng dì èr rén yì rán biàn
童的指点下，兄弟二人毅然变

chéng liǎng zhī lǎo hǔ　xiànghángzhōubèn qù
成两只老虎，向杭州奔去。

zài shuō nà hángzhōu de lǎo hé shangtiāntiān
再说那杭州的老和尚天天

pàn zhexiōng dì èr rén guī lái　tā cóngchūntiānděngdào xià tiān　xià tiān yòuděngdào qiū tiān　kě hái
盼着兄弟二人归来，他从春天等到夏天，夏天又等到秋天，可还

shì bú jiàn èr rén fǎnhuán　yǒu yì tiān　yí gè xiǎo hái biānpǎobiānhǎn　dà hǔ　èr hǔ huí
是不见二人返还。有一天，一个小孩边跑边喊："大虎、二虎回

lái le　rén mentīng dào jiàoshēnghòu fēn fēn pǎo le chū lái　dàn què zhǐ shì kàn dàoliǎng zhī qì
来了！"人们听到叫声后纷纷跑了出来，但却只是看到两只气

shì xiōngxiōng de huángmáo dà hǔ　xiāng qīn mendōu xià de duǒ le qǐ lái　zhǐ yǒu lǎo hé shangrèn
势汹汹的黄毛大虎。乡亲们都吓得躲了起来，只有老和尚认

chū zhè shì dà hǔ　èr hǔ biànchéng de　yú shì tā biàn shì tàn de jiào　dà hǔ　èr hǔ
出这是大虎、二虎变成的，于是他便试探地叫："大虎、二虎！"

liǎng hǔ guāiguāi de yáo le yáo wěi ba　wēnshùn de tiē zài lǎo hé shang de zú xià
两虎乖乖地摇了摇尾巴，温顺地贴在老和尚的足下。

guò le yí huì er　liǎng zhī hǔ zài yí kuàikòng dì shangyòngzhuǎ zi páo qǐ tǔ lái　shà shí
过了一会儿，两只虎在一块空地上用爪子刨起土来，霎时

dì miànshang jiù chū xiàn le yí gè dà kēng　zài lǐ miànmào chū le yì hóngqīngquán　rén men fēn fēn
地面上就出现了一个大坑。在里面冒出了一泓清泉，人们纷纷

dào tán biānyòngshuāngshǒupěngshuǐ hē
到潭边用双手捧水喝。

cóng cǐ hángzhōu jiù yǒu le qīngliánggān liè de quánshuǐ　cūn mín men zài yě bú pà hàn mó fā
从此杭州就有了清凉甘冽的泉水，村民们再也不怕旱魔发

nàn le　tā men zài quányǎn chùyòngqīng shí tiáo qì le gè fāng jǐng　bìng bǎ zhè yǎnquánzhèng shì
难了。他们在泉眼处用青石条砌了个方井，并把这眼泉正式

mìngmíngwéi　hǔ pǎoquán　yì sī shì shuōquánshuǐ shì yóuliǎng zhī lǎo hǔ qiān xīn wàn kǔ pǎo zhe
命名为"虎跑泉"，意思是说泉水是由两只老虎千辛万苦跑着

bān lái de
搬来的。

无畏的哪吒

　　勇敢正直的哪吒是天上人间公认的少年小英雄。他项戴乾坤圈，足蹬风火轮，手使一柄金枪，英武神奇。哪吒虽然年纪小小，但法力广大，可以变化为三头六臂。在这个故事中，哪吒英勇无畏，敢于承担责任的精神值得我们学习。

　　在玉皇大帝的手下，有一位武艺十分高强的天将叫李靖，被称为托塔李天王。在他没成仙的时候，是东海边上一位镇守边疆的大将军。

　　有一年，李靖的夫人生了一个小孩，但却是个肉球的模样。李靖暗想，这一定是个妖怪。他从腰间抽出宝剑，照着肉球砍去。肉球一下子被劈成两半，从肉球里蹦出一个胖娃娃来。就在这时，一个白胡子老道走了过

lái tā shuō yào shōu xiǎo pàng wá
来。他说要收小胖娃
wéi tú bìng gěi tā qǔ míng jiào
为徒，并给他取名叫
né zhā
哪吒。

xīn li zhí nà mèn de lǐ
　　心里直纳闷的李
jìng hái méi yǒu yán yu zhè ge
靖还没有言语，这个
xiǎo pàng wá què kāi kǒu dào shī
小胖娃却开口道："师
fu qǐng shòu tú ér yí bài shuō zhe guì xià jiù gěi lǎo dào kē tóu xíng lǐ lǎo dào cóng huái
父，请受徒儿一拜！"说着，跪下就给老道磕头行礼。老道从怀
li tāo chū yí gè zhuó zi qián kūn quān yí kuài shǒu pà hùn tiān líng zuò wéi gěi xiǎo né
里掏出一个镯子——乾坤圈，一块手帕——混天绫，作为给小哪
zhā de jiàn miàn lǐ
吒的见面礼。

xiǎo né zhā jiē guò lǐ wù xiè guò shī fu lǎo dào biàn wú yǐng wú zōng le zhè shí hou dà
　　小哪吒接过礼物谢过师父，老道便无影无踪了。这时候，大
jiā cái zhī dào yuán lái zhè lǎo dào shì yí wèi shén xiān
家才知道，原来这老道是一位神仙。

zhuǎn yǎn jiān né zhā yǐ jīng suì le zhè yì tiān né zhā dài zhe qián kūn quān zhuó zi ná
　　转眼间哪吒已经7岁了。这一天，哪吒戴着乾坤圈镯子，拿
zhe hùn tiān líng shǒu pà lái dào le hǎi biān tā yì biān xǐ zǎo yì biān yòng shǒu pà jiǎo zhe hǎi shuǐ
着混天绫手帕，来到了海边。他一边洗澡，一边用手帕搅着海水
wán kě shì tā zhè me yì shuǎi hǎi dǐ xia de lóng gōng dōng yáo xī huàng qǐ lái yūn tóu zhuàn
玩。可是，他这么一甩，海底下的龙宫东摇西晃起来，晕头转
xiàng de dōng hǎi lóng wáng máng pài rén chá kàn
向的东海龙王忙派人查看。

lóng wáng sān tài zǐ dài zhe yí dà qún xiā bīng xiè jiàng zuān chū le hǎi miàn kàn jiàn le né zhā
　　龙王三太子带着一大群虾兵蟹将钻出了海面，看见了哪吒，
tā jǔ qǐ qiāng jiù xiàng né zhā zhā qù né zhā jiàn lái rén bú wèn qīng hóng zào bái fēi cháng shēng
他举起枪就向哪吒扎去。哪吒见来人不问青红皂白，非常生

气，便把手帕一抖，这手帕立刻变成一团火，把龙王三太子给包围了。哪吒又把镯子扔出去，一下子把龙王三太子打死了。吓得那些虾兵蟹将全都钻到海里去了。

这时候，东海龙王听说心爱的三太子被打死了，他是又悲又气，准备去找李靖算账，为儿子报仇。那天天刚亮，就刮起大风来了，天上乌云密布，电闪雷鸣，接着大雨就铺天盖地地下起来了，百姓们都慌了神。

就在这个时候，天空传来了东海龙王的怒吼声：

"李靖，快快出来受死！"

李靖一听，立刻出来站在将军府大门口的台阶上。这时，小哪吒把双手一举，大声地说："打死你儿子的是我，这跟我父母和本城镇的老百姓一点儿关系也没有。"

"我要杀死你，给我儿

子报仇！”

“这好办！我可以死，但是不许你再伤害我的父母和老百姓！”哪吒毅然从他父亲腰上抽出宝剑，往脖子上一抹，便倒在地上死了。

龙王一看哪吒死了，便率领兵将回宫了。

不一会儿，云开雾散，雨也停了，太阳出来了，地上的水也向大海里流去了。

就在这时，哪吒的师父骑着白鹤，把哪吒的尸体带到了仙山上。他从荷花池里摘来几朵荷花、几片荷叶、几节嫩藕，按照哪吒的身形摆好。然后将拂尘一甩，哪吒就变成了莲藕身。从此以后，哪吒便跟随师父在山上学习本领，最后，还在玉皇大帝身边当了大将。

好心的猎人

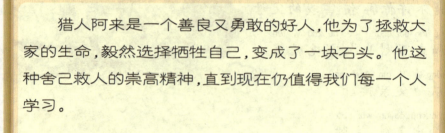

　　猎人阿来是一个善良又勇敢的好人，他为了拯救大家的生命，毅然选择牺牲自己，变成了一块石头。他这种舍己救人的崇高精神，直到现在仍值得我们每一个人学习。

cóngqián yǒu yí gè hǎo xīn de liè rén míngjiào ā lái　tā měi cì dǎ liè huí lái
　　从前有一个好心的猎人，名叫阿来。他每次打猎回来，

zǒng shì bǎ liè wù fēn gěi dà jiā　zì jǐ zhǐ liú xià hěnshǎo de yí fèn　dà jiā dōu fēi
总是把猎物分给大家，自己只留下很少的一份，大家都非

cháng xǐ huan tā
常喜欢他。

yǒu yì tiān　ā lái zài dǎ liè de shí hou　jiù le shānzhōng tù shén de nǚ ér
　　有一天，阿来在打猎的时候，救了山中兔神的女儿，

tù shénwèi le gǎn xiè tā　jiù bǎ hán zài kǒuzhōng de bǎo zhūsòng gěi le tā　hán zhe nà
兔神为了感谢他，就把含在口中的宝珠送给了他。含着那

kē bǎo shí　ā lái jiù néngtīngdǒng gè zhǒngdòng wù de huà　dàn shì dòng wù de huà zhǐ néng
颗宝石，阿来就能听懂各种动物的话。但是动物的话只能

liè rén zì jǐ zhǐ dào　rú guǒjiāngtīng dào de huà duì bié rénshuō le　tā jiù huì biànchéng
猎人自己知道，如果将听到的话对别人说了，他就会变成

yí kuài shí tou
一块石头。

ā lái zì cóngyǒu le zhè kē bǎo shí　dǎ liè fāngbiàn jí le　tā bǎ bǎo shí hán
　　阿来自从有了这颗宝石，打猎方便极了。他把宝石含

zài zuǐ li　néng zhī dào nǎ zuòshānyǒu nǎ xiē dòng wù　měi cì dǎ lái de liè wùgèngduō
在嘴里，能知道哪座山有哪些动物，每次打来的猎物更多

了。这样过了几年，有一天，阿来

正在打猎，忽然听见一群鸟在

商量着什么。他仔细一听，那只带头的

鸟说："咱们赶快飞走吧！今天晚上，这里的大山要崩塌，大地

要被洪水淹没，不知道要淹死多少人呢！"阿来听到这个消息，

大吃一惊。他急忙跑回去让大家赶快搬家，可是却没人听他的话。

阿来知道不把原因说清楚，大家肯定是不会相信的。再迟

延，灾难就要降临到乡亲们头上，要救乡亲们，只有牺牲自己，

他就把鸟儿的话告诉了大家。可是刚说完，他就变成了一块僵

硬的石头。

大家看见阿来变成了石头，都非常后悔。他们含着眼泪，

念着阿来的名字，连夜搬到很远的地方去。半夜里，只听见一

声震天动地的巨响，大山崩塌了，地下涌出洪水，他们的村子

很快被淹没了。

人们世世代代纪念善

良的阿来，直到今天还流

传着这样的故事。

玉龙和金凤

"未能抛得杭州去，一半勾留是此湖。"西湖，是一首诗，一幅天然图画，一个关于玉龙和金凤的动人故事。如此美丽的西湖，让我们不禁感叹它真的像是一颗璀璨的明珠变成的。

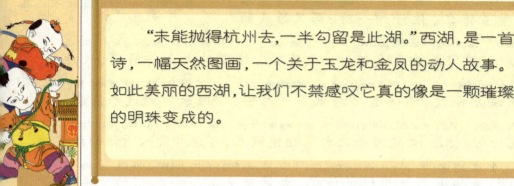

hěn jiǔ yǐ qián zài tiān hé shangzhù zhe yì tiáo yù lóng hé yì zhī jīn fèng
很久以前，在天河上住着一条玉龙和一只金凤。

yì tiān tā men zài xiān dǎoshang fā xiàn le yí kuàishǎnshǎn fā guāng de shí tou jīng
一天，他们在仙岛上发现了一块闪闪发光的石头。经

guò tā men yè yǐ jì rì de diāozhuó zhè kuàixiān shí zhōng yú biànchéng yì kē gǔnyuán tī tòu
过他们夜以继日的雕琢，这块仙石终于变成一颗滚圆剔透

de zhū zi wèi le shǐ zhè kē zhū zi yǒngfàng yì cǎi tā menyòu qù xúnzhǎo xǐ zhū shuǐ
的珠子。为了使这颗珠子永放异彩，他们又去寻找洗珠水。

yú shì jīn fèngcóngxiānshānshanghán lái le lù zhū yù lóngcóng hé li xī lái le qīngshuǐ
于是，金凤从仙山上含来了露珠，玉龙从河里吸来了清水。

jīng guò yì fān xǐ dí zhè kē zhū zi yuè fā biàn de jīng yíngshǎnliàng le
经过一番洗涤，这颗珠子越发变得晶莹闪亮了。

wáng mǔ niángniangtīngshuō le zhè jiàn shì jiù pài chū yì yuántiānjiàng chèn yù lóng hé
王母娘娘听说了这件事，就派出一员天将，趁玉龙和

jīn fèng shú shuì zhī jì bǎ bǎo zhū dào zǒu le yù lóng hé jīn fèng yí jiào xǐng lái fā xiàn
金凤熟睡之际，把宝珠盗走了。玉龙和金凤一觉醒来，发现

bǎo zhū diū shī xīn jí rú fén tā mendōngxún xī mì dàn yì zhí dōuzhǎo bú dào bǎo zhū
宝珠丢失，心急如焚。他们东寻西觅，但一直都找不到宝珠。

yí rì wáng mǔ niángniangguòshēng rì gè fāngshénxiān dōu fēn fēn lái dào xiāngōngxiàng
一日，王母娘娘过生日，各方神仙都纷纷来到仙宫向

tā zhù shòu　　shén xiān men qí shēng xiàng wáng mǔ
她祝寿。神仙们齐声向王母

niáng niang zhù shòu wáng mǔ niáng niang lè de xīn huā
娘娘祝寿，王母娘娘乐得心花

nù fàng　yì shí xìng qǐ　ná chū bǎo zhū ràng dà
怒放，一时兴起，拿出宝珠让大

jiā xīn shǎng　zhòng xiān yì biān xīn shǎng　yì biān zé zé chēng zàn
家欣赏。众仙一边欣赏，一边啧啧称赞。

zhè shí　　yù lóng hé jīn fèng tū rán kàn dào yí dào liàng guāng shè lái　tā men níng mù xì guān
这时，玉龙和金凤突然看到一道亮光射来，他们凝目细观，

fā xiàn zhèng shì tā men de bǎo zhū fàng shè chū lái de liàng guāng　yú shì tā liǎ jiù shùn zhe liàng guāng
发现正是他们的宝珠放射出来的亮光。于是他俩就顺着亮光

xún zhǎo　zuì hòu yì zhí zhǎo dào wáng mǔ niáng niang de xiān gōng li　yù lóng yǔ jīn fèng jiàn zì jǐ de
寻找，最后一直找到王母娘娘的仙宫里。玉龙与金凤见自己的

bǎo zhū zài zhè lǐ　bù yóu fēn shuō chōng shàng qù jiù duó　sān rén dōu zhuā zhù bǎo zhū bù kěn fàng
宝珠在这里，不由分说，冲上去就夺。三人都抓住宝珠不肯放

sōng　nǐ lā wǒ chě　yí bù xiǎo xīn　bǎo zhū biàn cóng tiān shàng gǔn luò dào dì xià qù le
松，你拉我扯，一不小心，宝珠便从天上滚落到地下去了。

yù lóng hé jīn fèng kàn jiàn bǎo zhū xiàng rén jiān zhuì qù　dān xīn bèi shuāi suì　yú shì gǎn máng
玉龙和金凤看见宝珠向人间坠去，担心被摔碎，于是赶忙

fān shēn xià lái bǎo hù　yù lóng fēi zhe　jīn fèng wǔ zhe　bǎo hù zhe zhè kē bǎo zhū màn màn de jiàng
翻身下来保护。玉龙飞着，金凤舞着，保护着这颗宝珠慢慢地降

dào dì miàn shang　zhè kē bǎo zhū yí luò dì　lì kè biàn chéng le jīng yíng bì tòu de xī hú　yù
到地面上。这颗宝珠一落地，立刻变成了晶莹碧透的西湖。玉

lóng shě bu de lí kāi bǎo zhū　suì
龙舍不得离开宝珠，遂

biàn wéi yí zuò xióng wěi de yù lóng
变为一座雄伟的玉龙

shān lái shǒu wèi tā　jīn fèng yě biàn
山来守卫它，金凤也变

chéng yí zuò qīng cuì de fèng huáng shān
成一座青翠的凤凰山

lái péi bàn tā
来陪伴它。

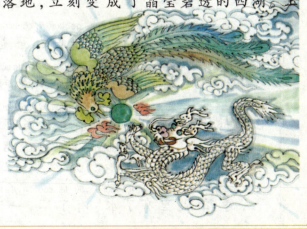

管家老龙

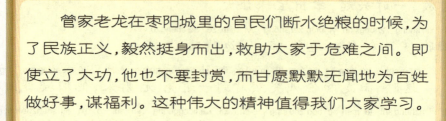

　　管家老龙在枣阳城里的官民们断水绝粮的时候，为了民族正义，毅然挺身而出，救助大家于危难之间。即使立了大功，他也不要封赏，而甘愿默默无闻地为百姓做好事，谋福利。这种伟大的精神值得我们大家学习。

134

　　cóngqián zhèng jiā shānshang yǒu yí gè xiǎo xiǎo de lóng tán lóng tán li zhù zhe yì tiáo
从前，郑家山上有一个小小的龙潭，龙潭里住着一条

guān ài bǎi xìng de lǎo lóng shān xià de bǎi xìng niánnián wǔ gǔ fēngdēng liù chù xīngwàng
关爱百姓的老龙。山下的百姓，年年五谷丰登，六畜兴旺，

zhuāngshang de rén dōushuō zhè shì zhèng jiā shānshang lǎo lóngxíng jí shí yǔ de gōngláo
庄上的人都说，这是郑家山上老龙行及时雨的功劳。

　　yǒu yì nián jīn bīng bǎ zǎoyángchéngwéi de shuǐ xiè bù tōng chéng nèi sòngyíng li
有一年，金兵把枣阳城围得水泄不通。城内宋营里，

bīngduànshuǐ mǎ duàncǎo yǎn jiàn yǒuquán jūn fù mò de wēi xiǎn
兵断水，马断草，眼见有全军覆没的危险。

　　dì èr tiān rén men zhǐ jiàn yí gè bái fà cāngcāng de lǎo wēng tiāo zhe yì tǒngshuǐ hé
第二天，人们只见一个白发苍苍的老翁，挑着一桶水和

yì xiē mǎ sì liàocōngcōng lái dàosòngyíng li chéng nèi sòngbīng hé bǎi xìngwén xùnyōng lái
一些马饲料匆匆来到宋营里。城内宋兵和百姓闻讯拥来，

lǎo wēngtiāo de nà yì xiǎotǒngshuǐ rèn píngqiān rén yǎo wàn rén hē jiù shì bú jiànqiǎn yì diǎn
老翁挑的那一小桶水任凭千人舀万人喝，就是不见浅一点；

nà yì xiǎo kǔn cǎo rèn píng wèi duōshao pǐ zhàn mǎ yě zǒng shì bú jiànshǎo yì diǎn
那一小捆草，任凭喂多少匹战马，也总是不见少一点。

　　zǎoyángchéng li yǒu le shuǐ yǒu le cǎo yí xià zi bīngqiáng mǎzhuàng dòu zhì áng
枣阳城里有了水，有了草，一下子兵强马壮，斗志昂

yáng chéng nèi bīng mín fēn fēn xún wèn zhè ge bái
扬。城内兵民纷纷询问这个白

fà lǎo wēng de xìngmíng hé zhù suǒ   lǎo wēng huí
发老翁的姓名和住所。老翁回

dá shuō   wǒ xìngzhèng jiā zhùzhèng jiā shān
答说："我姓郑，家住郑家山。"

dì èr tiān sòngbīng yǔ jīn bīng jué zhàn   bǎ jīn bīng dǎ de dà bài ér táo   chéng nèi bīng mín
第二天宋兵与金兵决战，把金兵打得大败而逃。城内兵民

sì xià xúnzhǎo tí gōngshuǐ cǎo de lǎo wēng zhǔn bèi xiè tā   kě shì zěn me zhǎo yě zhǎo bú dào   dài
四下寻找提供水草的老翁，准备谢他，可是怎么找也找不到。带

bīng de jiāng jūn zhǐ dé jù shí zòumínghuáng dì   wèi lǎo tóu qǐnggōng   huáng dì zhī dào le zhè jiàn
兵的将军只得据实奏明皇帝，为老头请功。皇帝知道了这件

shì hòu yàoshǎng cì tā   kě shì pài qù de shì bīng zěn me zhǎo yě zhǎo bú dào
事后要赏赐他，可是派去的士兵怎么找也找不到。

yuán lái   bái fà cāngcāng de lǎo wēng jiù shì zhèng jiā shān lǎo lóng suǒ biàn   tā bú yào fēngshǎng
原来，白发苍苍的老翁就是郑家山老龙所变，他不要封赏，

yě bú yuàn lí kāi zhèng jiā shān
也不愿离开郑家山。

zhèng jiā shān lǎo lóng bù wéi fù
郑家山老龙不为富

guì suǒdòng   yī jiù zhù zài zhèng jiā
贵所动，依旧住在郑家

shān de lóng tán li   tā jīngcháng zài
山的龙潭里，他经常在

lóng tán biānshang chá kàn tiānxiàng   wèi
龙潭边上察看天象，为

rén menxíng yǔ cì fú   suǒ yǐ dà jiā
人们行雨赐福，所以大家

dōu qīn qiè de chēng tā wéi   guǎn jiā
都亲切地称他为"管家

lǎo lóng
老龙"。

天鸡和太阳

勇敢的石刚和善良的玉姐为了天下百姓的幸福安定，毅然舍弃了自己宝贵的生命，化作天鸡召唤出了太阳。他们这种高尚的情操和无畏的精神，至今仍鼓舞着我们每一个人。

136

很早以前，有个名叫石刚的年轻猎人。一天，他准备和村里一个名叫玉姐的姑娘结婚。可是，就在这时候，天上的太阳突然不见了。大地一片漆黑，飞禽走兽都没有了生气，人们顿时难以生存下去。

那时西方有一座昆仑山，

山上有一位老神仙，名叫长眉老祖。为了救天下的百姓，为了寻找光明，石刚决心到昆仑山去一趟。就在他为路途黑暗而发愁时，玉姐把一颗鲜血

lín lín　　shè chū le wàn dàoguāngmáng de hóng
淋淋、射出了万道光芒的红

xīn jiāo gěi le tā　　shí gāng jiù zài zhè kē hóng
心交给了他。石刚就在这颗红

xīn de bāngzhù xià　　lái dào le kūn lún shān
心的帮助下，来到了昆仑山。

　　lǎo zǔ kàn jiàn shí gāng shuō　　yǒnggǎn
　　老祖看见石刚，说："勇敢

de hái zi　　nǐ de lái yì wǒ yǐ jīng zhī dào
的孩子，你的来意我已经知道，

tīng wǒ gào su nǐ　　tiānshàngyuán lái yǒu　　gè
听我告诉你，天上 原来有12个

tài yáng　　shì　　zhǐ huì fàngguāng de jīn jī
太阳，是12只会放光的金鸡。

yóu yú　èr lángshényào wèi mǔ bàochóu jiù shā sǐ
由于二郎神要为母报仇就杀死

le　　zhī jīn jī　　zuì hòu yì zhī jīn jī xià de duǒ dào le bó hǎi dōng àn de yè zi dǐ xia
了11只金鸡。最后一只金鸡吓得躲到了渤海东岸的叶子底下，

chú fēi yǒu tā de dì xiōng lái zhāo hu tā　　fǒu zé jué bù gǎn chū lái　　zài bó hǎi de xī àn yǒu
除非有它的弟兄来招呼它，否则决不敢出来。在渤海的西岸有

yì kē táo shù　　shùshang jiē le yí gè wànnián de dà táo zi　　rén yào shi chī le zhè ge táo zi
一棵桃树，树上结了一个万年的大桃子。人要是吃了这个桃子

jiù huì biànchéngtiān jī　　tiān jī de jiàoshēng yǔ jīn jī xiāngtóng　tiān jī jiào sān biàn　tài yáng jiù
就会变成天鸡。天鸡的叫声与金鸡相同，天鸡叫三遍，太阳就

huì chū lái le　　kě shì rén biànchéngtiān jī yǐ hòu　　jiù zài yě bù néng huī fù rén xíng le　　yào
会出来了。可是人变成天鸡以后，就再也不能恢复人形了，要

yǒngyuǎnzhàn zài shānshang　měi tiān zǎochéngāo jiào sānshēng zhāo hu tài yángchū lái　　niánqīng de xiǎo
永远站在山上，每天早晨高叫三声，招呼太阳出来。年轻的小

huǒ zi　　nǐ kě gǎn qù ma
伙子，你可敢去吗？"

　　shí gānghǎo bù yóu yù de zhàozuò le
　　石刚毫不犹豫地照做了。

　　cóng cǐ yǐ hòu　tiān jī jiù měi tiān qīngchén tí jiàozhāo hu tài yángchū lái
　　从此以后，天鸡就每天清晨啼叫招呼太阳出来。

八仙降伏小花龙

八仙过海是八仙最脍炙人口的故事之一，相传白云仙长有一回于蓬莱仙岛牡丹盛开时，邀请八仙赴宴，回程时铁拐李建议不搭船而各自想办法，就是后来"八仙过海，各显神通"的起源。这个故事讲的就是八仙与小花龙斗智斗勇的精彩过程。

chuánshuō yǒu yì tiān　bā xiān dào dōng hǎi qù yóu péng lái dǎo　tā men wèi le guān
传说有一天，八仙到东海去游蓬莱岛。他们为了观

shǎng hǎi jǐng　jiù zuò zài yì tiáo kuān kuò de dà lóng zhōu zhōng suí fēng qián jìn
赏海景，就坐在一条宽阔的大龙舟中随风前进。

lónggōng li yǒu tiáo xiǎo huā lóng　shì lóngwáng de dì qī gè ér zi　zì xiǎo jiāoshēng
龙宫里有条小花龙，是龙王的第七个儿子，自小娇生

guànyǎng　wú è bú zuò　zhè tiān　tā yì yǎnxiāngzhòng le chuánshangjiāo měi de hé xiān
惯养，无恶不作。这天，他一眼相中了船上娇美的何仙

gū　xiǎngjiāng tā qiǎngguò lái
姑，想将她抢过来。

píng jìng de hǎi miàn tū rán xiān qǐ yí gè làng tou　jiānglóngchuán dǎ fān le　hái hǎo
平静的海面突然掀起一个浪头，将龙船打翻了，还好

dà jiā dōu ān rán wú yàng zhè shí　hànzhōng lí huāngmángqīngdiǎn rén shù　diǎn lái diǎn qù
大家都安然无恙。这时，汉钟离慌忙清点人数，点来点去，

dú quē yí gè hé xiān gū　hànzhōng lí qiā zhǐ yí suàn　dà chī yì jīng yuán lái shì huā lóng
独缺一个何仙姑。汉钟离掐指一算，大吃一惊，原来是花龙

tài zǐ bǎ hé xiān gū qiǎngdào lónggōng qù le
太子把何仙姑抢到龙宫去了。

xiǎo huā lóng liào xiǎng qī xiān huì lái lónggōngyào rén　zǎo zài bàn lù shangděnghòu zhe
小花龙料想七仙会来龙宫要人，早在半路上等候着。

他见大仙们来势凶猛，忙掀起
滔天大潮，向七仙淹来。汉钟
离扇动蒲扇，破了他的阵势，花
龙太子忙把脸一抹，海里蹿出一头巨鲸，直逼汉钟离。

正在危急中，传来韩湘子的仙笛声，巨鲸听了，斗志全无，
瘫成一团。吕洞宾挥剑斩鲸，谁知一剑劈下去，锋利的宝剑斩
出个缺口。仔细一看，那鲸却是块大礁石。蓝采和忙将花篮罩
下来，大礁石连忙化作一条海蛇，向东逃窜。张果老叫驴追上
前去，眼看就要追上，不料蹿出个蟹精咬住了驴蹄，驴子一声
狂叫把张果老抛下背来。曹国舅眼疾手快，救起张果老，打死
了蟹精。

花龙太子见七仙个个神通广
大，只得向龙王求救。龙王听了，
把花龙痛骂了一顿，连忙送出何
仙姑，向八仙赔罪。

八仙就此住手，继续前行。

青石龙

白虎星和青龙历经了种种磨难,但他们仍然不改变对彼此感情的忠贞与相守。这个美丽的神话传说对爱情的诠释直到今天依然令人感动。如今,岛上居民每逢大年三十夜,都要在家里的水缸、米缸、菜橱贴上印有龙图的"青龙纸",以示纪念。

dài shān dǎo yǒu yí kuài àn jiāo wān wān qū qū shēnxiàng dà hǎi yuǎn yuǎn kàn qù huó
岱山岛有一块岸礁,弯弯曲曲伸向大海,远远看去,活

xiàng yì tiáo shí lóng dāng dì yú mín dōu jiào tā qīng shí lóng jù shuōzhè shì yì tiáo qīng
像一条石龙,当地渔民都叫它"青石龙",据说这是一条青

lóng huàchéng de
龙化成的。

hěn jiǔ yǐ qián qīnglóng zài dōng hǎi lónggōng li dāng shì wèijiāng jūn tā bù jǐn jìn
很久以前,青龙在东海龙宫里当侍卫将军,他不仅尽

zhōng zhí shǒu ér qiě tǐ xù bǎi xìng shēnshòudāng dì rén ài dài yǒu yí cì yù dì yào
忠职守,而且体恤百姓,深受当地人爱戴。有一次,玉帝要

zài dōng hǎi tiāoxuǎn yì míng dé lì jiànglǐng dào tiān tíng rèn zhí hǎi lóngwáng jiù bǎ zì jǐ zuì
在东海挑选一名得力将领到天庭任职,海龙王就把自己最

dé yì de qīnglóngjiāng jūn sòngshàng qù
得意的青龙将军送上去。

qīnglóngshàngtiān zhī hòu yù dì fēng tā wéi líng xiāo bǎo diàn de zhí diànjiāng jūn hòu
青龙上天之后,玉帝封他为灵霄宝殿的值殿将军。后

lái tā rèn shi le wáng mǔ niángniangshēnbiān de yí wèigōng nǚ bái hǔ xīng yī lái èr qù
来,他认识了王母娘娘身边的一位宫女白虎星,一来二去,

shuāngfāngchǎnshēng le ài mù zhī qíng yú shì tā men jiù xiāngyuē táo lí tiān tíng jié
双方产生了爱慕之情。于是,他们就相约逃离天庭,结

bàn rén jiān
伴人间。

yù dì dé zhī tā liǎ sī bēn bào tiào rú
玉帝得知他俩私奔，暴跳如

léi dāng jí chuán zhǐ jiāng qīng lóng biǎn huí dōng hǎi
雷，当即传旨将青龙贬回东海，

bǎ bái hǔ xīng fá dào fán jiān liǎng xīng yǒng jiǔ fēn lí bù dé xiāng huì qīng lóng huái zhe bēi fèn de
把白虎星罚到凡间，两星永久分离，不得相会！青龙怀着悲愤的

xīn qíng huí dào le lóng gōng
心情回到了龙宫。

zài shuō bái hǔ xīng bèi biǎn xià fán hòu zài zhèn hǎi yí gè guān huàn rén jiā dāng le shì nǚ
再说白虎星被贬下凡后，在镇海一个官宦人家当了侍女。

yí cì zhèn hǎi fā dà shuǐ shì nǚ bèi fēng làng guā dào le dài shān dǎo de shā tān shang dāng dì de
一次，镇海发大水，侍女被风浪刮到了岱山岛的沙滩上，当地的

tǔ dì gōng gong jiù le tā bái hǔ xīng jiāng zì jǐ de bēi cǎn zāo yù sù shuō le yí biàn yòu qiú
土地公公救了她。白虎星将自己的悲惨遭遇诉说了一遍，又求

tǔ dì gōng gong bāng tā dǎ tīng qīng lóng de xià luò tǔ dì gōng gong hěn tóng qíng tā men biàn gào su
土地公公帮她打听青龙的下落。土地公公很同情他们，便告诉

tā qīng lóng de qù xiàng
她青龙的去向。

zhōng yú yǒu yì tiān bái hǔ xīng hé qīng lóng zhè
终于有一天，白虎星和青龙这

duì huàn nàn qíng lǚ jiǔ bié chóng féng le shéi zhī cǐ
对患难情侣久别重逢了。谁知此

shì bèi hǎi lóng wáng zhī dào le tā dāng jí chuán lìng jiāng
事被海龙王知道了，他当即传令将

bái hǔ xīng zhèn zài dài shān dǎo de yí zuò shān xià zhè
白虎星镇在岱山岛的一座山下，这

zuò shān hòu lái jiào bái hǔ shān jiāng qīng lóng zhèn zài
座山后来叫"白虎山"；将青龙镇在

dài shān dǎo de yí kuài jiāo shí xià zhè zuò jiāo shí hòu
岱山岛的一块礁石下，这座礁石后

lái jiù jiào qīng lóng àn jiāo
来就叫"青龙岸礁"。

十日并出

10 个太阳儿子不顾天下百姓的死活，只顾自己玩得高兴。他们这种自私自利的行为是我们应当批判的。在民间十日并出的传说中，有很多像女巫妞一样为了人间疾苦牺牲了自己性命的英雄人物，他们身上不屈的精神值得后人学习。

gè tài yáng ér zi měi tiān yóu mā ma bàn sòng àn zhào yán gé guī dìng de lù xiàn
10 个太阳儿子，每天由妈妈伴送，按照严格规定的路线

hé shí jiān lún liú chū qù zhí bān měi tiān zhí bān de tài yáng zǎo zǎo de qǐ lái zài xián
和时间，轮流出去值班。每天值班的太阳早早地起来，在咸

chí li xǐ gè zǎo jiù yán zhe fú sāng shù cóng xià miàn shēng dào shù dǐng xī hé měi tiān zài
池里洗个澡，就沿着扶桑树从下面升到树顶，羲和每天在

shù dǐng zhǔn bèi hǎo chē zi bǎ tài yáng ér zi yì zhí sòng dào bēi quán rán hòu ràng ér zi xià
树顶准备好车子，把太阳儿子一直送到悲泉，然后让儿子下

chē zì jǐ wǎng qián zǒu cái fàng xīn de jià chē huí qù
车自己往前走，才放心地驾车回去。

zuì chū hái zi men hěn tīng huà dōu yī zhào mā ma de zhè zhǒng ān pái dàn rì fù
最初，孩子们很听话，都依照妈妈的这种安排。但日复

yí rì nián fù yì nián hái zi men jiàn jiàn yàn fán le zhè zhǒng dāi bǎn fá wèi de gōng zuò
一日，年复一年，孩子们渐渐厌烦了这种呆板、乏味的工作

hé shēng huó
和生活。

yì tiān wǎn shang tài yáng ér zi men quán dōu jù zài fú sāng shù shang shāng liang qǐ lái
一天晚上，太阳儿子们全都聚在扶桑树上商量起来，

tā men jué xīn yì qǐ chū qù wán gè tòng kuài dì èr tiān yì zǎo gè tài yáng ér zi
他们决心一起出去玩个痛快。第二天一早，10 个太阳儿子

一起跑了出来，四散在广阔无
垠的天空之中。这下把妈妈急
坏了，说这个，劝那个，孩子们
根本不去理会，只管自由自在地玩耍。

10个太阳儿子无拘无束地在天空中玩了整整一天，再也
不想回到原来的日程中去了，还向妈妈郑重宣布，以后他们
就要像今天这样。可他们哪里知道，因为他们鲁莽的行为，给大
地上的人们带来了多大的灾难：炎热把土地烤焦了，禾苗被晒死
了，山石沙土快要熔化了，河水沸腾了……到处都有渴死、饿死
的人，人们对这10个太阳怨恨到了极点。

有一天，当10个太阳儿子正在天空玩耍时，忽然感到"头
疼"起来。原来是一个名叫妞的女巫正在作法事。太阳儿子们
发现了女巫，立即将烈火般的阳光齐射向她。女巫拼命对抗，
最终，她痛苦地仰面喷出一口血，
倒地含恨而死。她喷出的血射得很
高，洒在了10个太阳儿子身上，从
此，太阳上便有了黑子。

吝啬的老头儿

这个故事讲述了一个悭吝人的可笑形象和可悲下场。虽然可悲，却引不起人们的同情，反而更见可笑了。因为钱财生不带来，死不带去，本是供人使用的，老头儿却被金钱驱使，成了钱的奴仆，这才是可悲的源头。

hàn cháo yǒu yí gè lǎo tóu er jiā zhōng fēi cháng yǒu qián fù jiǎ yì fāng què shēng
汉朝有一个老头儿，家中非常有钱，富甲一方，却生

huó jié jiǎn ér lìn sè qiě xī xià wú zǐ
活节俭而吝啬，且膝下无子。

měi tiān tiān mēng mēng liàng lǎo tóu er jiù qǐ chuáng lái jīng yíng chǎn yè pīn mìng zhuàn
每天，天蒙蒙亮老头儿就起床来经营产业，拼命赚

qián zhí dào tiān hēi le cái xiū xi jiù zhè yàng tā zhuàn huí le hěn duō qián shèn zhì duō
钱，直到天黑了才休息。就这样，他赚回了很多钱，甚至多

de lián tā de guì zi dōu zhuāng bú xià le kě shì tā zǒng shì chī cū chá dàn fàn chuān
得连他的柜子都装不下了。可是，他总是吃粗茶淡饭，穿

pò jiù de yī fu cóng bù qīng yì huā yì wén qián píng shí yù dào yǒu rén xiàng tā jiè qián
破旧的衣服，从不轻易花一文钱。平时遇到有人向他借钱，

tā zǒng shì háo wú shāng liang yú dì de yì kǒu huí jué
他总是毫无商量余地地一口回绝。

yǒu yì tiān yí gè fēi cháng pín kùn de hǎo yǒu lái zhǎo zhè ge lǎo tóu er jiè qián yīn
有一天，一个非常贫困的好友来找这个老头儿借钱，因

wèi tā yào tì mǔ qīn kàn bìng
为他要替母亲看病。

jiè qián de rén yì zhí kǔ kǔ āi qiú tā bēi shāng de duì lǎo tóu er shuō qiú qiu
借钱的人一直苦苦哀求，他悲伤地对老头儿说："求求

您了，我的妈妈已经快不行了，等我有了钱马上还给你。"老头儿则为难似的说："我真的是没钱的人啊，快连饭都吃不起了。"

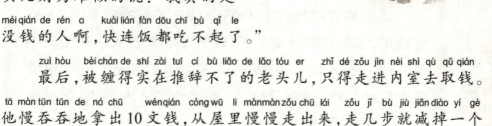

最后，被缠得实在推辞不了的老头儿，只得走进内室去取钱。

他慢吞吞地拿出10文钱，从屋里慢慢走出来，走几步就减掉一个钱，等他走到外面来，只剩下5文钱了。

老头儿极不情愿地把钱交给人家，心疼地嘱咐道："我把全部家业都拿来帮助你了，可千万别对其他人说啊，不然他们都会像你这样跑到我这里来借钱的！"

借钱的人伤心地流着眼泪说："5文钱哪里请得起医生呀！"

老头儿的眼泪也下来了，不过他是心疼他借出的钱。

不久，老头儿死了。

因为他没有继承人，所以他的田地、房产、钱财全部被充公了。

献 玉

　　这则寓言对现在的我们仍具有深刻的意义。"人不可貌相，海水不可斗量"，满口的仁义道德，心中却全是阴谋诡计。"害人之心不可有，防人之心不可无"，处理事情要三思而后行，提高警惕，不能被一些心术不正、口蜜腹剑的人所利用、蒙蔽。

wèi guó yǒu gè lǎo nóng　　yǒu yí cì　　tā zài lí tián shí tū rán tīng dào yì shēng yì
魏国有个老农，有一次，他在犁田时突然听到一声异

xiǎng　tā hè zhù gēng niú　páo kāi tǔ céng yí kàn　yuán lái shì lí huázhuàngshàng le　yí kuài
响。他喝住耕牛，刨开土层一看，原来是犁铧撞 上了一块

yì chǐ jiàn fāng guāng zé bì tòu de yí shí
一尺见方、光泽碧透的异石。

lǎo nóng bù zhī dào shì bǎo yù　　jiù qù qǐng lín rén guò lái guānkàn　　nà lín rén yì
老农不知道是宝玉，就去请邻人过来观看。那邻人一

kàn shì kuài hǎn jiàn de yù shí　biànxiǎngzhàn wéi jǐ yǒu　qǐ le dǎi xīn　tā biān le yí tào
看是块罕见的玉石，便想占为己有，起了歹心。他编了一套

huǎnghuà duì lǎo nóngshuō　zhè shì yí kuàiguài shí　shì gè bù xiáng zhī wù　liú zhe tā chí
谎话对老农说："这是一块怪石，是个不祥之物，留着它迟

zǎo huì shēnghuòhuàn　nǐ bù rú bǎ tā rēngdiàosuàn le
早会生祸患。你不如把它扔掉算了。"

lǎo nóngtīng le　yì shí ná bú dìng zhǔ yi　tā xīnxiǎng　zhè me piàoliang de yí kuài
老农听了，一时拿不定主意。他心想：这么漂亮的一块

shí tou　jiǎ rú bú shì guài shí　rēngdiào le duō kě xī　nóng fū yóu yù le yí huì er
石头，假如不是怪石，扔掉了多可惜。农夫犹豫了一会儿，

zuì hòu hái shi jué dìng bǎ tā ná huí jiā qù　xiān bǎi zài wū wài de zǒu lángshangguānchá yí
最后还是决定把它拿回家去，先摆在屋外的走廊上 观察一

xià kàn kan dào dǐ shì zěn me yì huí shì
下，看看到底是怎么一回事。

dào le wǎnshang bǎo yù tōng tǐ fā liàng
到了晚上，宝玉通体发亮，

bǎ yì jiān wū zi dōuzhàoliàng le nóng fū yì
把一间屋子都照亮了。农夫一

jiā fēi chánghài pà jiù yòu qù gào su lín jū
家非常害怕，就又去告诉邻居。

lín jū shuō zhè shì guài yì de zhēngzhào ya kuài bǎ tā rēngdiào cái kě yǐ xiāo chú zāi
邻居说："这是怪异的征兆呀，快把它扔掉，才可以消除灾

nàn yú shì lǎo nónggǎnmáng bǎ bǎo yù rēngdào yě wài qù le
难。"于是，老农赶忙把宝玉扔到野外去了。

nà ge lín rén bǎ bǎo yù shí huí lái xiàn gěi le wèiwáng wèiwáng bǎ yù gōngzhào lái jiǎn
那个邻人把宝玉拾回来，献给了魏王。魏王把玉工召来检

yàn yù gōngjiàn le mángxiàngwèiwángxíng le dà lǐ tuì lì zài pángbiānshuō gōng xǐ dà wáng
验。玉工见了，忙向魏王行了大礼，退立在旁边说："恭喜大王

dé dào tiān xià xī yǒu de zhēnbǎo zhè meníng guì de bǎo yù wǒ cóng lái méi yǒu jiàn guò
得到天下稀有的珍宝，这么名贵的宝玉，我从来没有见过。"

wèiwángwèn bǎo yù zhí duōshaoqián
魏王问宝玉值多少钱，

yù gōngshuō zhè shì wú
玉工说："这是无

jià zhī bǎo jí shǐ
价之宝，即使

yòng wǔ zuòchéng chí
用五座城池

jiāo huàn yě zhǐ
交换，也只

néng kàn yù yì yǎn
能看玉一眼

ér yǐ
而已。"

杜锡如坐针毡

　　杜锡的父亲杜预是西晋的镇南大将军，他从小博览群书，勤于著述，对经济、政治、历法、法律、数学、史学和工程等学科都有研究。当时的人曾给他起个"杜武库"的绰号，称赞他博学多才，就像武器库一样，无所不有。杜锡在父亲的熏陶下，也学有所成。

　　西晋有个叫杜预的人，很有谋略，人称"杜武库"，曾任镇南大将军，都督荆州诸军事，为朝廷立下过不少汗马功劳。另外，这个人还博学多才，曾经参加制定《晋律》。

　　杜预的儿子杜锡受父亲的影响，年纪轻轻就学识渊博，小有名气。不仅如此，他还性格耿直，从不趋炎附势。后来，杜锡被长沙王请去做文学侍从，以后又经过几次提升，最后被调任为太子愍怀的中舍人。

　　当时愍怀太子性情暴躁，不求长进，常常做出些不合理的事。杜锡天天在太子身边，对他这种作风很不赞成，常常告诉他什么事不能做，什么事不合理。虽然杜锡说

话的态度很诚恳，可是太子还
是觉得他爱管闲事，很不高兴，
对他的劝诫也置之不理。

不仅如此，愍怀太子还一直寻思着找机会教训教训杜锡，让
他不再直言顶撞自己。

有一次，他派人悄悄地在杜锡平日坐的毡子上插了许多针。
杜锡不知此事，坐下时屁股被扎得鲜血直流。

第二天，太子故意问杜锡，"你昨天出什么事了？"

杜锡难以开口，只好说："我昨天喝醉了，不知道干了些什么。"

太子说："你不是
喜欢责备别人吗？为
什么自己也做错事
情呢？"

杜锡知道太子有
意为难自己，不敢回
答，又不能走，哭笑
不得。

国学经典

小故事大道理

道德·礼仪故事